「負けるのは大嫌いです。
より正しく言うのなら、勝てないのが嫌いです。
「あなたもしっかりしなさい。
アドマト家は別にお金に
困っていないんでしょ。
それなら堂々としているべきよ」
レゥリ・ナーナフィス
ナーナフィス子爵家の長女

ネイ・マモン
ある過去により顔に火傷を負った少女
「必ずフェゼ様のお役に立ってみせます」
挑むなら勝つ。挑まれたのなら勝つ。俺はそれを望みます」
フェゼ・アドマト
鬱ゲームの世界でアドマト公爵家の嫡子に転生した主人公

「大丈夫ですか？」
「少しでいいんです……少しでいいから、このままいさせてください……っ」

元名門貴族の気弱な嫡子になりました

ゲーム世界に転生した俺は
生きて帰るために攻略を開始します

臨界土偶

ぶんか社

C O N T E N T S

第1章　そうだ、俺は

視界が暗転する。

そう認識した頃には顔面に甘ったるい香りと軽い衝撃がぶつかり、奥底に眠る不快感が目を覚ます。

「貴族社会の面汚《つらよご》しがこんなところに来るなよ」

俺の顔面から液体が滴《したた》り落ちる。

別に、甘い液体がこぼれ落ちる特殊な身体《からだ》を持っているわけではない。

眼前の少年からジュースをかけられたのだ。

場所はとある伯爵家の屋敷の一室で、丸いパーティーテーブルが邪魔にならないよう配置されており、豪華な食事が並べられている。それらを囲んでいるのも盛装に身を包んだ老若男女だ。

性別も年齢も違うが、全員に共通していえることは貴族であることだろう。

俺の前にいる少年も貴族だ。

たしか、名前はメルタ・オゾとかいう。鈍色《にびいろ》の髪を持っていて、吊《つ》り上がった目がこちらを嘲《あざけ》るように見ている。

彼の苗字にもある『オゾ』は伯爵家であり、王国貴族で一番勢いを伸ばしている。対して俺のアドマト公爵家は――。

「ど、どうかしたのかい」

おどおどとした態度で、ひとりの男性が声をかけてくる。

エイソ・アドマト。

俺ことフェゼ・アドマトの父にあたる人間だ。

平均的な四十半ばと比較しても皺《しわ》の多い顔、白髪交じりの黒髪に、弱々しく垂れるヒゲは威厳を損ねている。

「いーえ、どうも俺にぶつかってジュースがかかったみたいなんですよ」

ニヒルな笑いを浮かべながら、メルタはバカにしたような口調で父に言う。

父は「そ、そうか……気をつけないとダメじゃないか」と俺とメルタを交互に見ながらたしなめる。

周囲から失笑が漏れているけど、おそらくこの人は気がついていないのだろう。

これが俺の――フェゼ・アドマトの環境だ。

不思議な感覚だった。

(どうして俺はこんなにも俯瞰《ふかん》して物事を捉えているのだろう)

自分で問いかけながら、既に答えは得ていた。

俺は知っている。

ここはゲームの世界だ。

そして俺は前世でプレイしたことがある。

しかし、どうしたことだろう。あまり思い出せない。

たしかにメルタというキャラはいたはずだし、パーティー会場にも見知った顔がいる。ほとんどがモブだけど。

（問題はそれだけじゃない）

うすぼんやりと、この世界はかなりシビアだと記憶している。

なにより、このままだとマズいと本能が告げている。

俺は……フェゼ・アドマトは死にゆく運命にある。

そのイベントは近くないが、遠くもない将来に発生するはずだ。

しかし、残念なことにこの身体の持ち主はモブである。

そんな適当なイベントをハッキリと記憶しているわけがない。

なんならこのゲームのほとんどをスキップした覚えがある。

（なんにせよ、生き残らなければ）

ただ生きる。

それは全ての生物に課せられた本能だろう。

そして次に……帰還する。

なんとかして俺の元いたあの世界に帰還してやるのだ。

この世界のジャンルは覚えている。

『鬱《うつ》ゲー』だ。

身体も精神も蝕《むしば》まれる前になんとしても脱出しなければいけない。

「あっ、フェゼ！　どこに行く！」

こんなパーティーなどに参加している場合ではないのだ。

父の制止と嘲笑を背にしながら、俺は会場を後にした。


――と、そんなことがあったのが一年前のことだ。

俺の目の前には瀕死《ひんし》の魔物が転がっている。

鮮血に塗れた手を弱々しくこちらに向けて、最後まで抗《あらが》おうとしている。

『……ゥァア……！』

それはオーガと呼ばれる魔物だ。

赤緑色の身体に禍々《まがまが》しい両角を生やしている。

体躯《たいく》は三メートルほどもあり、頑強な筋肉を持っている。

脅威度を示すランクではS、A、B、C、D、E、Fまである。Fが最低でSが最高だ。

Dともなれば多少武装している村でも半壊の恐れがある。

そして、このオーガはBもの脅威度を持つ。群体ともなればAに至る。もしも街や都の近辺にオーガが出現した場合、兵団や騎士団が動く事態になる。

俺はそんな魔物に勝った。

「生きるのは意外と簡単そうだな」

言いながら首を横に振る。
油断や余裕こそ大敵だ。
俺には『生きる』と『帰る』のふたつの目的があるのだ。
それらの難易度が高いことくらい、この一年でわかったはずじゃないか。
「なあ、そうだよな」
問いかけながら、片手で握っていた剣でオーガにトドメを刺す。
強者に分類されるこの魔物も、弱肉強食の原理に則《のっと》って、俺の手によって淘汰《とうた》された。
場所によっては生物ピラミッドの頂点に位置してもおかしくない。
歩めば退かれ、睨《にら》めば竦《すく》まれ、その気になれば腹をいつでも満たせる魔物だ。
そんなやつがこの世界で意識が芽生えて一年目のやつにあっさりと殺されたのだ。
この世界では、なにが起こってもおかしくない。
(しかし、リスクを負うことは必要だ)
生きるために。
帰るために。
これは油断ではなく、客観的に見た判断だ。
俺は強くなった。
だから、もう一段階進めるとしよう。
元の世界に帰るために。

◆◆◆

この世界にはダンジョンと呼ばれる場所がある。

その多くは魔物達の手によって作られている。

生存本能に従って穴を掘って安全な場所を確保したり、あるいはそれを乗っ取ったり。時代を重ねて穴倉は魔物の手によって巨大化していく。

そうして複数の種族が棲《す》まい、なにかしらの生態系を築くまでに至った場所をダンジョンと呼ぶ。

それらは大なり小なり人間の手から奪った宝物を隠している場合が多い。また魔物の死体から取れる素材も高く売れる。

俺はそんなダンジョンに来ていた。

「フェ、フェゼ様って戦闘経験があるんですか？」

そう聞いてくるのは茶髪に細身の男性だ。

彼の回りには数名の人間がいる。

彼らはギルド『ユグドラシルの誓い』のメンバーであり、俺が依頼してダンジョンを案内してもらっている人達だ。

茶髪の男性の名前はケウラというらしい。

「ええ、ありますよ」

「ですよね……」

ケウラ達がため息をつきながら肩を落とす。

ギルドとは大陸中にある『なんでも屋』だ。

その方針は各ギルドによって異なるが、大抵はふたつに分かれる。ひとつは依頼を受けるタイプであり、こちらが『なんでも屋』と呼ばれる。

もうひとつがダンジョンや森などの未踏の地に乗り込むタイプだ。ギルドに属する人間は『冒険者』と呼ばれるのだが、後者の彼らこそ、その呼称が敬意をもってあてられる。

『ユグドラシルの誓い』に関して言えば中立的な立場だ。なんでも美味《おい》しい依頼は受けるが、一応ダンジョンにも潜るタイプである。

肩を落とした理由は明確で、

「くそっ、貴族の道楽だと思って依頼を受けたのに……」

「そうだいそうだい。ちょろっとダンジョン見学させてやればいいと思ったんだ」

「まさかここまで深層に潜ることになるとはなぁ」

「いいじゃないか、戦闘はこの人がやってくれてるんだから」

「おいっ、聞こえるぞっ」

普通に聞こえているけど……。

彼らは実際そこまで戦闘に長《た》けているわけではない。

多くのギルドの中でも比較的に「戦闘はまあできるかな」くらいのところである。

だからこういったダンジョンにはあまり深くまで潜りたくないのだろう。

ゆえに肩を落としたのだ。

(俺としても他に依頼したかったのだが……)

残念ながら、高名なギルドほど依頼は受けない。

彼ら自身でダンジョンに潜った方が効率的だからだ。

しかし、森や平原と違ってダンジョンは独自かつ独特な生態系を築いているため、案内はどうしても必要になる。

そこで多少なりとも経験のある彼らに依頼したのだ。

不意にケウラが横に並ぶ。

「あの～、フェゼ様……失礼ですけど、どこまで行くんですか?」

「依頼した時には行けるところまで行くと伝えたはずです。それで納得してもらったはずですよ」

「そ、そうですけど。ちょっと宝物取ればいいと思っていて安易に引き受けたというか……あっ、いや、そうじゃなくてですね。戦利品は十分にありますし、依頼料金よりも稼げたと思いますよ……?」

ケウラが手を擦り合わせながら、こちらの顔色を窺《うかが》ってくる。

ダンジョンは深部に行けば行くほど強い魔物がいる。それは蠱毒《こどく》のようなもので、ダンジョンという性質が生み出した特異な環境が原因だ。

そして、さっきから戦っている魔物はCランク以上になっており、ケウラは自分たちの領分を越えて進みたくないようだった。

　俺としても彼らには戦闘を任せるつもりはない。戦闘を任せるくらいなら騎士を連れてくる。いや、落ち目の公爵家にまともな騎士なんて揃《そろ》っていないのだけど……。それでも戦力の増強にはなる。

　それなのに連れてきていないのは、こうして俺が自分自身で戦闘を行い、彼らを案内役に据えているだけで十分と判断したからだ。

「安心してください。俺も命を落とすつもりはありません。危険だと思えば下がります」

「え、え〜と。あはは……もっと稼ぎたいということですか？」

「違います。ダンジョン内で拾った金銀は全て『ユグドラシルの誓い』の皆さんにお渡ししますよ」

「「「えっ⁉」」」

　ぎょっとした顔で驚かれる。

　俺の目的はお金じゃない。お金も欲しいが、ここで欲をかいて彼らに背中を刺されるデメリットの方が大きい。

　依頼料もせしめて、ダンジョン内での金銀もせしめる。そうすれば両得だからな。

　そう思っていたが……「え？　いいの？」「よしゃー！　装備新調できるー！」「お貴族様ばんざーい！」なんて現金な声が届く。

　きっと、彼らからすれば俺の背中を刺すなんて真似《まね》は想像すらしていなかっただろう。まぁ、そんな彼らだから依頼したわけだけど。

ギルドの中には悪名が耳に入ってくるところもある。そういったギルドで『ユグドラシルの誓い』より戦闘力があって『なんでも屋』のように依頼を受け付けているところもあったが、なるべく近づかないようにしていた。

こうしてダンジョンに潜って、ピリついた空気を感じてよくわかった。その判断は正解だったな。

「お、お金がいらないって。……それならフェゼ様の目的はなんですか？」

ケウラが尋ねてくる。

「とりあえずダンジョンの見物です」

「あんたすげー戦ってんじゃん……」

ちょっと引かれたようだ。

わざわざ貴族がリスクを取る必要はないと思っているのだろう。

この世界の人間からしたらそうなのかもしれない。

しかし、俺には目的がある。

(——魔法具)

ダンジョンには財宝が眠る。金銀もそうだが、その他に特殊なアイテムが紛れている場合が多い。

その中には魔法具と呼ばれるものがある。便利なアイテムを想像してもらえればいい。お湯を出せるものや、反対に吸収するものなど。これらを組み合わせた魔法具があれば簡単にシャワーができる。

このようにして一般に根付いている生活用の魔法具もあれば——人知を超えたものも製作されている。

そういった人外の魔法具はクラス別に分けられており、『王門《キングゲート》』『奉天総《ほうてんふさ》』『開天神代《かいてんかみよ》』……などなど、上から順番にレア度が上がっていく。

俺の目的は生存と帰還だ。

帰還には幾つもの計画があり、魔法具もその一環だ。

開天神代クラスになればおとぎ話の部類であり、滅多にお目にかかれるものではない。

国庫に保管されているか、ダンジョンに眠っているか。書物に記載されているが見つかっていないか。そのレベルだ。

そして、俺はその一個下位の魔法具を持っている。

(奉天総の魔法具『レーレリアの加護』)

アドマト公爵家の宝物庫に眠っていたのだが、父の許可を得て拝借した。

今もその魔法具はポケットにある。

一見すれば美しい女性を象《かたど》った石像だが、これを持っているだけで「訓練の倍の成長がある」とされる。

俺がたった一年で極端に強くなれた理由の一端だ。

奉天総は魔法具で二番目の位置づけだが、それでこれだけの効果があるのだ。なにより、開天神代の魔法具の中には異界に通じるものがあると噂《うわさ》で聞いている。

きっと、俺の目的も……。

『やめてっ!!』

悲鳴。

絶叫ともとれる声音だ。

見ると、『ユグドラシルの誓い』のメンバーは全員が苦い顔をしている。

「どうしたんですか？　行かないんですか？」

「フェゼ様……悲鳴でしたよ」

「ええ、そうですけど」

「悲鳴が聞こえたってことは……それだけの危険があるってことなんです。ここはダンジョンですよ。腕に自信のある者しかいないはずです。村娘が散歩に出かけて襲われるのとは訳が違う」

言われて、胸を打つものがあった。

彼らが苦い顔をしているのは、助けないと判断しているからだ。

人の命を救うよりも、まず自分の命の安全を確保しなければいけない。

それがダンジョンなのだろう。

「危険と判断したら即座に逃げて構いません。俺も逃げます。ですが、どういう状況かもわからないまま放置するつもりはありません」

「……わ、わかりました」

俺としても依頼したからと無理を言うつもりはない。そんな意思を汲《く》んだようで、ケウラ達一行は渋々頷《うなず》いた。

◆◆◆

——その光景を見て、ケウラは青ざめながら言う。

「か、帰りましょう」

他の面々も同じ意見のようだ。

その場はおそらくなにかしらの魔物の巣穴だったのだろう。既に寝床などもなくなって綺麗《きれい》になっており、代わりに虚《むな》しい大きな空間が広がっているだけだ。

四人の男女が、三十人を超す集団に襲われている。

「ちなみにケウラさんはこの状況わかりますか？」

「トップギルドの争いですよっ」

さっさと帰りましょう、そんな言外が伝わってくる焦り具合だ。

「トップギルドですか」

「そうです。少数の方はギルド『飛翔』のエースパーティ『白来』で、大集団の方はギルド『向かい影』ですっ」

両方とも聞いたことがある。

ギルド『飛翔』の方は依頼できればいいなーと思っていたが、残念ながら断られた。一般の依頼は引き受けているようだが、俺が身分を明かすと露骨に嫌悪感を示されて拒否された。

ギルド『向かい影』の方は悪い噂ばかりで行くことすらしなかったな。

「ギルド同士が争ってなんの意味があるんですか？　縄張り争いとか？」

「そんなの知りませんよっ。もういいでしょう……!?　ここは早いところ引いた方が得ですっ！」

「逃げたいなら逃げてもいいですよ」

俺はしばらく見ていたい。

事態を見届けたい気持ちもあるが、ギルドのトップクラスといえば大陸でも屈指の実力者達だ。場合によっては大国から騎士・将官待遇でのスカウトもあるくらいだと聞いている。

と、なれば鍛えている俺からすれば勉強になる。

……ケウラ達が黙った。完全に声が聞こえない。

彼らも考えているのだろう。彼らもまだ強くなりたいと志しているのだ。俺の意思が通じたようでなにより。振り返って彼らの瞳を見ようとして――人っ子ひとりいねえ。

誰もなにも喋《しゃべ》らずにそそくさ退散しやがった。

いや逃げていいって言ったけど、依頼人を置いていくか？

もしもこれで俺が死んだらケウラ達の評判に関わるはずだろ……。

まぁそんなことを言っても仕方ない。ここまで付いてきてくれただけありがたいと思うべきだな。

逆に言えば、ここまで付いてきてくれたのにすぐ退散するほど、これは恐ろしい状況なのだ。

下手をすればダンジョン崩壊の危険があるレベルなのだろう。

――なんて思っていたが。
随分と一方的な戦いだった。
いや、もはや戦闘ではない。
なぶり殺しだ。
トップギルド『飛翔』ともあろう者達が反撃すらできていない。
ひとりの女性は捕まっており、ひとりの男性は組み伏せられて足蹴《あしげ》にされている。
なんとか反抗しようと他の二人も頑張ってはいるが、複数を相手に手こずっていた。
（なんだこの戦いは）
トップギルドが聞いて呆《あき》れる。――なんて思わない。
これは明らかにおかしい。
見ると『向かい影』のリーダー的ポジションの男の手に魔法具が握られていた。
あれは……。

◆◆◆「とある冒険者視点」

俺はテーゼ。

ギルド『飛翔』のエースパーティーのメンバーであり、まぎれもなく大陸屈指の冒険者だという自負がある。

そんな俺と行動を共にしているのはニナ、クルド、エセーリアだ。

それぞれと出会った経緯は違うが、今では『白来』というパーティーを結成しており、長年の付き合いから家族のようなものだと思っている。

今日は彼らとダンジョン攻略に臨んでいる。

大迷宮ほどのダンジョンではなく、あくまでも中型程度のダンジョンだ。今日はただの肩慣らしのつもりだったのだけど……。

「よお、久しぶりだなあ」

スキンヘッドに派手な入れ墨をしている男が現れる。

ギルド『向かい影』のエース、レゲだ。

俺はこいつをあまり好いていない。むしろ嫌いだ。

特徴的な見た目以上に、嘲るような口元が気に入らなかった。

「奇遇だな。おまえもこのダンジョンを攻略に来たのか？」

「いや？」

明瞭な答えを出さない。

不穏な雰囲気を醸し出しながら、レゲはゆったりと近づいてくる。

「おい！　それ以上近づいてくるんじゃやねぇぞ！」

クルドが言う。大柄な身体に相応《ふさわ》しい、威圧的で轟《とどろ》くような声だ。

彼の声は魔物さえ怯《おび》えるのだが、レゲは意にも介さない。

それどころか笑みを深めて、さらに歩み寄ってくる。

「そんな言い方はひでぇな。仲良くしようぜ」

「仲良くって……それはごめんなんだけど」

ニナが言う。どうやら生理的な嫌悪感を覚えているようだ。

たしかに、こんなダンジョンで仲良く気軽に談話なんて雰囲気にはなれそうにない。

「きひひっ、振られちまったなあ。なら仕方ない。頑張って仲良くなるかあ」

「だから、あんたなんかと――」

ニナが言いかけて止める。周囲から息を潜めていたやつらが出てきて、思わずその数に怯《ひる》んだのだ。

彼らの顔ぶれには見覚えがある。『向かい影』総勢三十五名だ。

「お頭ァ……俺達も仲良くしてえなあ」

「きひひ、俺の後でならいくらでも楽しめよぅ」

「よっしゃああ！」

唾棄《だき》すべき会話が繰り広げられる。その対象は明らかにニナやエセーリアに向けられていた。

ここまで来れば明らかに敵意を持っているとわかる。

「一応聞いておく。襲撃する理由はなんだ？」

「余裕だねぇ、さすがはトップギルドさんだ。ま、理由なんて簡単だよ。あんたら目障りなんだ」

「目障り？」

「そ。うちらも苦しくてねぇ。仕事が回ってこないと飯もまともに食えやしないんだ」

レゲがわざとらしく目を拭《ぬぐ》うような仕草を見せる。

当然だが、涙なんて流していない。

「おまえ達はトップギルドのはずだろ。金に困るなんて考えられないな」

「いいアクセサリーにいい飯、それから女。金なんていくらあっても困らねぇだろ？」

レゲがにやりと黄ばんだ歯を見せる。

以前から抱いていた嫌悪感は正しかったようだ。

「……極力殺し合いなんかはしたくないんだがな」

「こっちはしたい」

敵意は隠さないか。

もう既にレゲの覚悟は決まっているようだ。

ここで待ち伏せていたことからも、彼らが事前に襲撃を計画していたことがわかる。

「しょうがないか」

構える。

数は多いが、こちらとしても腕に自信はあった。

場合によっては逃げ出すくらい訳もないはずだった。

そうすれば仲間を呼べるはずだった。

それなのに——。

――どうして。

「――やめて!!」

ニナの悲痛な叫び声が聞こえる。

やつらに捕まっている。

クルドもエセーリアも石を投げられて遊ばれている。

俺はレゲに踏まれながら地べたに這《は》いつくばっている。

どうしてこんなことになっている。

簡単だ。

「魔力が……どうして……！」

「きひひっ、魔法が使えないって？　身体の強化もできないって？　これ、なんだと思うよ？」

レゲがこれ見よがしに歯車の形に透き通った魔石を手に持つ。

それはきっと魔法具の類《たぐい》だ。

しかし、見たことがない。一般に流通しているものではない。

「それはなんだっ！」

「これは奉天総の魔法具だ。名前は『魔封じ』というらしい。その名前のとおり魔力を封じる。ま、距離の縛りはあるんだけどよ」

「魔力を封じる……？」

そんなもの聞いたことすらない。

奉天総クラスなんて、そもそもお目にかかることすら珍しいのだから、当たり前といえば当たり前だ。俺達のギルドでさえ、以前に一度だけ獲得したことがあるくらいだ。

「魔法のなくなった生き物はどうなると思う？　……って、身をもって体験してるよなぁ。それぞれの個体に強さの違いが出なくなる。で、こうして数の暴力に襲われるってわけだ」

レゲがニナの頬を舐《な》めた。

「きゃあっ」

ニナが涙を流しながら悲鳴を漏らす。

怒りが湧き出る。

「やめろ！　ニナを放せっ！」

「うるせえよ！」

「ぐ……っ！」

レゲの蹴りが腹部に強烈な痛みをもたらす。

普段ならこんな攻撃大したことないのに。魔力がないだけでここまで違うのか。

「さて、と。おまえらさえ始末できれば後は残りの『飛翔』メンバーを削っていけばお終《しま》いだ。ま、その前にニナちゃんとエセーリアで遊ばせてもらうけどな。きひひぃ！」

絶望と虫唾《むしず》が身体を走る。

なんでこんなことになっている？

どうしてそんな魔法具がある？

ふざけるな。
なんだよ、これは。
怒りが湧いてくるのに、身体に力が入らない。
なんでだよ。くそ、くそ！
「──へぇ、これ奉天総の魔法具なんだ」
急に凛《りん》とした声が現れる。
「「……！！？？」」
レゲ達が息を呑《の》んだ。
俺すら彼の存在を認識できていなかった。
どこから。気配もなかった。
黒い髪に黒い瞳、中肉に長身の少年だ。
かなり整った顔立ちをしている。
黒い剣を持っていて、立ち居振る舞いに隙がない。
(俺はこの子を知っている)
以前にギルドに来ていたやつだ。
俺達が依頼を断ったはず。
アドマト公爵家の嫡子──フェゼ。
なんで、ここに。

◆◆◆

俺の手には魔法具がある。

奉天総の魔法具で『魔封じ』というらしい。

なかなかに便利そうだ。

歯車の形をしていて、円の中央にはボタンらしきものがある。

「お、おいおいおい……きひひ、ここはガキの遊び場じゃねえぞ？　誰だ、おまえ？」

可憐な少女を片手に抱いている男が言う。たしかレゲとかいう名前だったか。

少女はレゲから離れようともがいていたが、今は彼と同じく驚きながらこちらを見ている。というか全員こっちを見ている。

かくいう俺は魔法具に夢中だ。

「これかな？　起動と停止のボタンは」

わざとらしく合図を出す。

それは今まで散々にやられていた『白来』に伝える反撃の狼煙《のろし》だ。

「ばっ、やめろっ!!」

レゲの手が俺に向けられる。

だが、その前にボタンをぽちりと押す。魔法具から気配が消えたように感じる。

瞬間。

場が凍結し、十人ほどが吹き飛んだ。

眼前のレゲが慌てた様子で向き直る。

「く、くそがっ！　てめえら構えろ！」

おお、どうやら『白来』のメンバーが息を吹き返したようだ。

戦闘は一気に加速して、さっきの余裕な空気感は消えていた。

「だ、大丈夫っ？　テーゼ！」

可憐《かれん》な少女が、テーゼと呼んだ男の元に駆けて治癒魔法を施している。

どうやらレゲは驚きのあまり放してしまったみたいだ。そして彼の視線の先には俺がいる。

「覚悟しろよ、クソガキっ！　てめえのせいで計画がパーになったじゃねえか！」

レゲが唾を吐きながら語気を強める。

さっきまで小物の立ち回りをしていたから誤解しそうになるが、彼もトップギルドの人間だ。向けられている殺意の強烈さから非凡な実力だとわかる。

「クソガキに奪われて終わる程度なら、計画っていわないんじゃないですか？」

「うるせえ！　どっちにせよ魔法具がなくとも殺すつもりだったんだ！　ここで戦闘したっていいんだよ！　てめえらやるぞ!!」

「「おおっ!!」」

そうして戦闘が始まる。

なるほど。『ユグドラシルの誓い』が逃げ出すのもわかる。トップギルドの戦いはすごい。ダンジョンがさっきから揺れている。攻撃の応酬が止まらない。

しかも、四対多数であるにも関わらず『白来』のメンバーが勝っていた。

「どうします？　お仲間がやられてますよ、加勢しなくていいんですか？」

「はぁ……はぁ……！　て、てめえ……！」

レゲは肩を上下させながら目を尖《とが》らせている。

俺から魔法具を奪おうと挑んできているが、どれも空振りしているので息が苦しそうだ。

「うーん。まあ恨む気持ちもわかりますけど、先にあっちに合流した方がいいと思います」

「だまれ！　俺だってなァ……！　トップギルドのエースなんだよ！」

疾風。

レゲを中心に強い風が舞う。

魔法だ。

ダンジョン内の岩や壁が風に斬られている。

これはシャレにならないな。

「そうですか」

剣を抜く。

レゲの魔法は不可視だ。

触れれば斬られる。

かなり強力だと言っていい。

「もう魔法具ごとぶっ壊してやるよ！　クソガキぃ！」

レゲの手がこちらに向く。

魔力を俺に集中させたのだろう。

「ぽちり、と」

魔法具を起動させる。

風が止まる。

「はっ……!?」

レゲの間の抜けた声が届く。

別の場所で起こっている戦闘も一瞬だけ止《や》んだ。

が、今はそんなことどうでもいい。

隙だ。

――魔法具をオフにする。

身体能力を強化。

肉迫する。

レゲも反応するが。

遅い。

そもそもの戦闘能力もこちらが高い。

息を吐いて。

剣を縦に振る。

レゲが魔法を行使しようとして手をこちらに向ける。

同時に魔法具を再び起動する。

しかし、その必要はなかったようだ。

レゲの肩から先には、もうなにもなかった。

「あぁぁぁぁっ!?　お、俺の腕が！　俺の腕がぁぁ!?」

「……」

レゲが青ざめる。

なくなった肩を押さえながら悲鳴をあげる。

「……ぁ……あんた何者だよ……！　どうしてそんなに……!?　なっ、どうして……！」

レゲは完全に戦う気力が消えたようだ。

もはや俺が近づいても抗おうとしなかった。

怯える動物のように、冷や汗を垂らしながらゆっくりと後退している。だが、そんな速度で俺から逃げきれるわけがない。

もはや諦めたようだな。

「さよならです」

「やめ……っ」

首をはね飛ばそうとして、なかなかうまく斬れない。何度か斬ってようやく完全に胴体と離れた。

魔力がなければこうも難しいものなのか。

物体の強化もできないから剣の切れ味も悪いな。

手の感覚をたしかめる。

（……）

なんてことはない。魔物を殺した時と同じだ。

コイツらが魔物と変わらないケダモノだからだろうか。あるいはここがゲームの世界かもしれないからだろうか。もしくは俺が――。

◆◆◆

ダンジョン内に残ったのは俺と『白来』のパーティーだけになった。

場は悲惨の一言であり、血みどろの光景が広がっている。

「あんた……」

パーティーのリーダーが俺を見ている。たしか名前はテーゼだったか。

他のメンバーと一緒に警戒心マックスの状態だ。

「無事でなによりです」

「俺らを助けたのか？」

「はい、そうです」

「どうして。貴族だろ？」

貴族だろ、か。

どうやらこの人は貴族に相当の恨みを持っているらしい。

ふむ。しかし、どう言ったものか。

理由なんていくらでもある。トップギルド同士の小細工抜きの戦いが見たかったとか、シンプルにレゲとかいうやつが不快だったとか、後は俺の隠密がどこまで通用するか、とか。

まぁ、ここは無難に答えておこう。

「困っている人がいたら助けたくなるんです」

「ぷっ！　変わってるな、あんた！」

大柄の男が吹き出すように笑った。

「ちょっと、失礼だよ〜。せっかく助けてくれたんだからさ。ここは素直にありがとうでいいじゃん！」

「そうねぇ」

可憐な少女が言う。

それに同調したのは妖艶《ようえん》な女性だ。

だが、テーゼは疑心を持ったままのようだ。

「レゲとの戦いは横目で見させてもらった。……たまに魔法具を使われて、こっちまで魔法が使えなくなっていたからな」

「それはすみません」

恨めし気な目でテーゼがこちらを見る。

迷惑をかけたことに関しては謝罪する。

しかし、あくまでも俺の命が第一なので反省はない。

とはいえ、本題はそこじゃない。

「——あんた強すぎるよ。その年齢でその強さは尋常じゃない」

「褒めすぎです」

「いいや。レゲは卑怯《ひきょう》だが『向かい影』のトップだ。トップギルドのトップなんだ。実力は間違いなかった。それを瞬殺できるやつはなかなかいない」

「それはこの魔法具があったからですよ」

レゲの持っていた『魔封じ』を見せる。

実際にそれに偽りはない。

「それ抜きでも十分に戦えていただろ」

「否定はしません。でも、さすがに俺のことを詰めすぎじゃないですか？　そちらだって他の数十人を全滅させているじゃないですか」

「俺達は戦闘が生業だからな」

なんだか剣呑《けんのん》な雰囲気だ。

よほど貴族が嫌いらしい。

あるいは突然乱入した俺への警戒を解けずにいるのだろうか。

それも無理はないか。

彼らは奇襲をされて興奮状態にあるのだから。

なんて思っていたら。

「――だから『ありがとう』って言えって！」

「痛っ⁉」

パチーンっと音が響く。

可憐な少女が軽快な手さばきでテーゼの頭を叩《たた》いた。

身長差があるから、少女はつま先立ちをしている。

「そうだぞ！　ありがとうな、貴族の坊ちゃん！」

「ありがとうございましたぁ」

大柄の男性、妖艶な女性の頬笑《ほほえ》みが向けられる。

それから、テーゼと少女も続いた。

「……ありがとう。助かった」

「ありがとうございましたっ」

個性的なパーティーだ。

しかし、悪い気はしない。

「どういたしまして。それでは、俺はこれで」

言って、踵《きびす》を返す。

案内役の『ユグドラシルの誓い』もいなくなったことだし、さすがに疲れたので帰りたい。

そうしてダンジョンから出ようとして。

「待て」

テーゼに後ろから声をかけられる。

雰囲気から察するに第二ラウンドまではなさそうだが、かなり強張《こわば》った顔つきをしている。

やばいな。

もしかしてレゲの『魔封じ』を持ち逃げしようとしているとバレてしまっただろうか。

いや、解釈的に俺のものでいいのだけど、ここで喰《く》いつかれては面倒なんだよな。

なんて思いながらも、平静を装って首を傾《かし》げる。

「どうしました？」

「……い、いらい」

「ん？」

「俺達に依頼があったんだろ！」

「ああ、まあ、はい」

どうやら魔法具とは別件らしい。

「いっ、いつでも依頼しろ！　あんたクラスなら俺達の力なんて不要だろうが、少なくとも話くらいは聞いてやるっ」

テーゼは顔を真っ赤にして視線を逸《そ》らしながら言った。

あまり貴族の依頼を受けたくない様子だったが、相当頑張って恩を返そうとしてくれたらしい。

他のメンバーの表情も柔らかい。不服はないようだ。

ラッキーだ。彼らを助けたのは恩を売る目的もあった。

「それでは、その時はまた頼みに行きます。割引してくれますよね？」

「貴族のくせに値切るかよ。ま、多少は低く見積もってやる」

「ありがとうございます」

そんな会話をして、俺はダンジョンから出るのだった。

第2章　マモン商会

再確認する。

俺の目的は帰還だ。そのために魔法具を探している。

だからリスクを負ってまでダンジョンに潜り、依頼をしていた。

そして幸運なことにトップギルドに依頼をすることができるようになり、リスクを負う必要がなくなった。

わざわざ俺が出張る必要がなくなったからだ。

……なんて考えるのは早計だ。

開天神代級の魔法具となれば目標が大型ダンジョンになり、依頼料は計《はか》り知れない。

それにトップギルドひとつだけに依頼するのでは時間がかかってしまう。下手をすれば俺の寿命が先だ。

だから他にも依頼したいところは数多くある。

手持ちの私兵も作りたいくらいだ。

（そうなると金が足りない）

定期的に父親からお小遣いが渡される。

それ以外にも、ねだれば多少の金銭は融通される。

さすがに公爵家の嫡子《ちゃくし》ともなれば金額も桁外れになってくる。

まともな金銭感覚を持っているからよかったけど、城下町の一般家庭なら年単位で暮らしていける。それくらいの額だ。

だが、それでも足りない。圧倒的に足りない。

ということで俺は商会を訪れていた。

「はぁ……で、ご用件は？」

とても素晴らしく態度が悪い。

男はため息交じりに視線も合わせずに話している。俺よりも爪をやすりで磨く方が優先らしい。

ちなみに俺がアドマト公爵家の嫡子だと伝えているのにこれだ。

ここはマモン商会。

アドマト公爵家の領地で最大手の商会内部の一角だ。

一角とはどういうことか。

マモン商会は内部の競争を高めて売り上げを伸ばす手法を取っており、第一区分から第十区分まで分けられている。

それぞれの区分の代表も違い、第一区分はマモン会長が直々に陣頭に立っており、以下は第二区分と続いている。

そして、俺は第二区分に来ていた。

第一区分でもよかったが、マモン会長は父と取引をしている。

既に家との商売を始めているのなら、あまり父の邪魔をしたくはない。

あの父の性格からしたらなにかと面倒を見てくれるだろう。しかし、こちらとしてもあまり過干渉でいられては困る。

だから今回は別離した経済主体を持ちたいと考えていた。すなわち家に関わることではなく、独立した企業を持つことだ。

とはいえ俺の見た目の年齢は非常に若い。さすがに身分は伝えた上でまともに話を聞いてもらいたかったのだが、どうにもうまくいかない。

「……仕事を任せたいと思っているのですが」

「ふーん。あのさ、子供の用事なら家の人に頼めないかな?」

「は?」

「いいかな。うちはアドマト公爵家に多大な税金を払っているんだよ。それが滞るようなことがあれば家の人にも迷惑をかけちゃうんだよ」

これは説教をされているのだろうか。

……なんで?

まだ話してすらいないのに。

「今日はビジネスの話に来たのですけど」

「はいはい。そう言ってお小遣いをせびりに来る貴族の子弟は多いのよ。ちなみに俺は商会の下っ端。わかる? どうして俺が来ているのか。適当にあしらえってことなの。理解しなよ」

「……」

なるほど。

どうやら貴族子弟が来ることに辟易《へきえき》しているようだ。だからこんなロクでもない態度を取るのだろう。

「公爵家の嫡子だから優遇されると思った？　こうやってひとりでのこのこ来てさ。家の人にもまともに扱ってもらえていないんでしょ。お遊びしたいなら適当に散歩でもしてなよ」

すごい。俺は逆にこいつを尊敬する。

公爵家の嫡子だと認識してこの態度だ。

我らがテストリア王国は王権の絶対性は維持したまま、貴族が政《まつりごと》に関わる体制を取っている。

つまり貴族にも権力があり、領土の分であれば法も自由だ。

（俺の一存で処刑できるんだけど……）

建前の上ではノブレス・オブリージュを持っているが、そんな高い志を基準に行動している人間は少ない。

こんなあからさまな挑発をされて腹が立たない方がおかしい。

……まぁそんなことをするメリットはないからグッと堪《こら》える。それに、わざわざ注意するほどの良心もない。

ここまでハッキリと相手にしないと物申してくれただけ感謝するべきだな。もちろん皮肉だが。

「わかりました。お邪魔しました」

「はいはーい」

俺よりも先に席を立って離れる。

最後まで一貫してなんとも見事なことか。思わず拍手をしたくなったよ。

◆◆◆

仕事どうしようか。

俺が最初から商会を創設して率いても構わないが、他にもやりたいことが多いので最後の手段にしたいところだ。

なんて考えていると、廃れた路地に構える店を見つけた。

ここも『マモン商会』と書かれている。だが、その看板は風化しており、建物自体が古いのか見てくれもよくない。

(たしかここはマモン商会の第十区分のシマだったか)

区分は数字が増えるほど売り上げも低い。第一区分がトップであり、第十区分が最下層である。

ふと。

俺はその店に入った。

外から見て少しだけ気になるものがあったからだ。

「いらっしゃいませ……」

店員だろうか。

受付には仮面を着けている緑色の髪を持った女性がいた。仮面は顔全体を覆っており、鮮やかな蝶《ちょう》が描かれている。どことなくオーラがあるような。

そんなことより、外から見ていて気になっていた商品達を見る。

（ふむ）

なるほど。これは。どういうことだ？

いくつかの商品を持って受付に行く。

「これで」

「合計で三五六〇レピアになります」

とりあえず財布から一万レピア分を出して渡す。

先に清算が済まされて袋に入れられるが、俺はまだ受け取らない。

「？」

仮面の女性は不思議そうにこちらを見る。

「ここの責任者って呼べますか？」

「私ですけど」

女性は端的に答える。

内心、やや驚きがあった。

声から察するに相当若いはずだ。仮面を着けているからわからないが、おそらく十代だろう。

「マモン商会の第十区分を任されている人ですか？」

「ええ、私が代表です。アドマト公爵家嫡子のフェゼ様」

「俺を知っているんですか」

「自分の所属している商会の、さらに上の人間くらいは把握しています」

俺は彼女を知らなかった。

商売の話をするにあたって第五区分までは調べてあったが、それ以下の規模は対象にならないと考えていたからだ。

しかし、今では第二区分よりも彼女に興味を惹《ひ》かれていた。

「失礼ですけど、どうしてこんな店を構えているのですか？」

「どうして、とは？」

「この店は立地も悪ければ築年数も古いはずだ。それなのに改築すらされていないでしょう。それに商品は全てゴミレベルの品質です。これなら店を経営しない方がマシだ」

「……」

女性は下を見て押し黙った。

しかし、俺は別に第二区分での鬱憤《うっぷん》を晴らそうとバカにしているわけじゃない。

もちろん、続きがある。

「しかし、店内は清掃されていて、選ばれた商品はどれも冒険者にとっての必需品が多い。品物の並びもいい。店構えと品質さえよければうまくいっていたはずだ」

「！」

　女性が俺を見る。

　目は大きく開かれていて、青色の澄んだ瞳がよくわかる。

「察するに資金がないんですよね」

「……はい。私はマモン会長の肉親でして、経験のためだからと半強制的に店を持たされたのです」

「ほう、肉親だったんですか」

「ネイ・マモンといいます」

　彼女はそう言うと軽く会釈をしてみせた。

　ネイか。

　聞いたことがある。

　マモン会長には二人の娘がいる。

　ひとりは第二区分を預かる長女で、なんでもできる秀才だとか。

　もうひとりは次女のネイだ。こっちはあまり話題にはあがらないが、なにやら不気味な評判を耳にしたことがある。

「なるほど。資金繰りに困っている理由はわかりました。しかし、マモン会長の娘さんなら多少の融通くらいは利くのではないですか？」

「父の第一区分からは開店資金が渡されました。しかし、他の区分はまともに取り合ってくれません。各組合団体も。……この顔のせいで」

「顔？」

「ええ、子供の頃に焼けただれまして。到底お見せできない醜い顔なんです。だからこうして仮面を着けているんですよ」

不気味な評判の理由はこれか。

しかも、随分とネガティブになっているから余計に雰囲気が悪い。

袋に詰められた商品を見ながら——。

「——少し裏で話せませんか？」

「え？」

「今じゃなくてもいいですよ。そちらの都合のいい時間で構いません」

ネイは事情を窺うようにこちらを注視する。

それから外の通りを見て、背にある扉を示した。

「ほとんどお客さんは来ません。来ても扉の開く音でわかると思いますから、こちらでお話ししましょう」

行動が早くて助かる。

◆◆◆

ネイが湯気の立つティーカップを置いて、自分も席についた。

「それで、ご用件はなんでしょう」

質素な応接室だ。

年代物の椅子とテーブルが置かれており、花瓶や絵画、有色の絨毯《じゅうたん》などの見栄えは悪くないが、どこか寂しい。

しかし、表に出ないこの場所も掃除が行き届いている。性格が出ているな。

「単刀直入に聞きます。この店を畳むつもりはありませんか？」

「地上げ屋ですか？」

ネイが声を潜めて尋ねてくる。

思わず口から「あははっ」と笑い声が出てしまった。

そもそも、ここの領地は全てが国から与えられた父の所有物なのだ。その息子である俺が地上げ屋をする理由はそこまで見当たらない。

「いえ、この店はどれくらい儲《もう》けているのかな。と思いまして」

「……正直なところを申し上げると、実入りはよくありません。辛《かろ》うじて維持できているくらいでしょうか」

「なるほど。ちなみに店員は他にどれだけいますか？」

「私だけです。第十区分は」

「え？　立ち上げから全ておひとりで？」

「はい」

若い女性がここまでひとりでやっていたのか。それにはさすがに驚嘆する。

最低でも仕入れや手続きや販売など、やることは多い。そこから税務処理もあるだろうし、債務の確認だって面倒なはずだ。

さすがに後半部分は委託しているだろうけど……いや、辛うじて維持できるくらいなら自分でやっていてもおかしくはない。ちゃんと寝ているのだろうか。

しかし。なるほど。

ここまでの一連の会話で確信した。こいつは掘り出し物を見つけた。

気まぐれで入った店でこんな逸材を見つけるとは。俺、ナイスだ。

「――よければこの店を畳んで俺とビジネスをしませんか？」

一拍の間が置かれる。

ややネガティブ思考であり、ここまで手ひどい扱いを受けたのだ。商売に悪印象を持ってもおかしくない。

しかし。俺の予想に反して、ネイの仮面が小さく揺れた。

「どういったビジネスでしょうか」

意気込みは十分そうだ。

協力する相手としては不安材料もあるが、彼女には才覚を感じる。

「これを」

資料を取り出す。

それは俺がこのゲームの世界を思い出す過程で生み出したビジネスだ。

ネイが資料に目を通す。

それから予備の分を取り出して、概要を説明する。

しばらくの時間が流れた。

「面白い構想でした。しかし、肝心なギミックが説明されていませんよね」

「安心してください。抜けているわけじゃありません。むしろ肝心だからこそ、協力を得られる時にお伝えするつもりでした」

「ふむ……わかりました。それからもうひとつ、お父上にはお話しされていないのですか？」

「ええ」

「では、資金はどうするのです？　うちから出せるような額ではありませんよ」

「これを」

魔法具を取り出してテーブルの上に載せる。

それを見て、ネイの身体は小さな波が巡ったように震えた。

「これは王門……いや、奉天総クラスの魔法具ですか!?」

魔法具とはわかっても、一目でクラスまで見抜ける人間はそういないだろう。それだけでこの女性の力量がわかるというものだ。

「『魔封じ』と呼ばれるものらしいです。運よく拾いまして」

実際は殺して奪ったものだ。

しかし、然《しか》るべき場所に持っていっても俺のものになるので、運よく拾ったものということにしておいた方がこの場では楽だろう。話の道筋としても、ネイの精神的な意味でも。

「たしか魔力を封じる代物でしたよね」

「そこまで知っているのですか。いやはや、恐れ入りました」

「この魔法具を売却するのですか？」

「ええ、いりませんから。おそらく数億レピアは下りません。それに加えて現金を出します。——これで大体の資金力はご理解いただけたかなと」

ネイが改めて資料に目を通す。

理知的な彼女なら理解できるはずだ。

少なくともコレで彼女に損失が出ることはない。むしろ、今よりも稼げるのだということを。

「……最後にもうひとつだけ聞かせてください。どうして私なんですか。この規模の案件なら第一区分に持っていっても特に優遇されるはずです。それをどうして最底辺の私なんですか？」

「運命を感じたからです」

「う、運命っ……!?」

ネイがあわあわと動揺する。

その姿に可愛らしい少女の姿を重ね合わせて、もしかすると想定していたよりもずっと若いのかもしれないと思わされた。

「それで。引き受けていただけますか？」

「わ、私は正直なところ、あまり商人として経験がありません。ロクに教育もされてきませんでした。この顔だって……。そんな私でもいいのなら、お引き受けいたします」

沈んだ声だった。

それに俺は――苛立《いらだ》ちを覚える。

「引き受けていただけるのならお願いします。ただし、条件があります」

「条件……？」

「あなたはアドマト公爵家の嫡子である、このフェゼ・アドマトのパートナーになるのです。自信を持ってください。顔の火傷《やけど》がなんです。それに向き合う度量があると判断したんです。卑屈にならず、堂々と胸を張ってください」

ネイの目が潤む。

小さな声で。

それでもたしかに聞こえた。

「はい……っ！」

その返事が聞けただけで満足だ。

◆◆◆「ネイ視点」

今日もあの夢だと気づく。

『どうして生まれてきたのよ、ネイ……！』

記憶の彼方《かなた》で母が私に叫んでいる。

それはたしかに夢だとわかるけれど、忘れられない痛みが伴う。

顔に熱湯がかけられる。

ああ、それもたしかに痛みだ。

けど、一番苦しかったのは心だ。

幼い私に耐えられないダメージを負わせたのだ。

――布団をはね除《の》けて上半身を起こす。

私の部屋だ。

我ながら綺麗に整理整頓がなされている。

だらしのなかった母に代わって身に付いた習慣だった。

（まぁ、その母も……）

私は幼少の時を過ごした街から離れた。

父と名乗る人物に拾われたのだ。

曰《いわ》く、母を妻として認められなかった。世間の目が気になった。しかし、最近になって力を増したので迎えに来た。

なんとも勝手な言い草だ。

美しい蝶の仮面を見ながら、そんなことを思い出していた。

日常は小さく変化するものだという。

しかし、私は常に大きな変化に流されていた。

それも大概は悪い方だ。

父に迎え入れられてから、しばらく家で座学を教えられた。

そんな日々が変わったのは、父の口から告げられた「おまえに資金をやるから商売を始めなさい」という言葉だった。

お小遣いというには派手な金額を渡されたが、私にはなんの知識もなかった。剣を一本持って危険な平原に放り込まれたようなものだ。

案の定というか。

腹違いの姉から相手にされることはなく、父以外の商会の人間や銀行組合に無視される一方だった。

（……惨めだった）

こんな顔で人と話さなければいけないことが。

仕入れは明らかに割増にされることが多くて、私の顔を見てすぐに店から出ていく客もいた。

どうしてこんな目に遭わなければいけないのだ、そう思った。

それでも諦めなかったのは悔しかったからだ。

地方に閉じ込められた母の想い。

彼女は私に怒りをぶつけていたけど、それでも見捨てることはなかった。

あの母を変えたのは父だ。

そして父はまた適当なお金を渡して私を見放した。

姉は手を貸してくれない。商会内の誰も手を貸してくれない。

いいや、世界の誰ひとりとして味方をしてくれない。

きっと、これからも。

――そう思っていた。

「ここの責任者って呼べますか？」

「私ですけど」

その人物は一目でわかった。

フェゼ・アドマト。

名門。古豪。言い方はいいが、勢いを衰えさせているアドマト公爵家の嫡子だ。

現在の当主は非常に気弱だと伝えられていて、息子も同じような気質を持って生まれていると聞いていた。

今の実力主義的な貴族社会で、アドマト親子は食い物にされていると。

――本当にそうなの？

その少年はまだ十五歳前後の年齢なのに鋭い眼光をしていた。なにか覚悟を持っている人の目だ。

纏《まと》うオーラは歴戦を思わせる。

私の店にはたまにビギナーの冒険者が来るからわかる。この人はそんなレベルとは遥《はる》かに一線を画している。

戦闘能力についてはわからない。フェゼさんが強いという話も聞いたことはない。でも、この人は修羅場を経験している。自ら死地に赴《おもむ》いたことのある人だ。

「――ここはおそらく賃貸か、マモン商会の内部から工面された程度の店ですよね。それに商品は全てゴミレベルの品質です。これなら店を経営しない方がマシだ」

かなりずけずけと言われる。

けれど、言い返すことなんてできない。

全て事実だ。

でも、言い訳はある。

賃貸なのは。こんなボロい店なのは。こんな人通りが少ない場所なのには理由がある。

人通りが多い場所を借りようとしても、私の仮面を見て「あんたが商売をしたら気味が悪いって他の店の人に言われちゃうんだよ。客が寄り付かなくなったら迷惑なんだ」なんて言われている。

店員の応募には誰も来ない。マモン商会から応援も来てくれない。

商品の質が悪いのは、まともなところは誰も取引してくれないから。してくれるところがあっても足元を見られて値上げをされてしまう。

どうしようもないのに。これでも頑張ってきたのに。

「――しかし、店内は清掃されていて、選ばれた商品はどれも冒険者にとっての必需品が多い。店構えと品質さえよければうまくいっていたはずだ」

思わず顔を上げてしまう。

あまり長いこと人の顔を見ることはしなかった。

目を見てどんな人か理解できれば十分だったから。

でも、ああ。

この人はなんてかっこいいのだろうと思った。

褒められたからだろうか。誰も認めてくれなかった私の努力をわかってくれたからだろうか。

涙が出そうになる。堪える。


それからフェゼさんは私と共に応接室に入った。

曰く、彼はビジネスをしたいそう。

渡された資料は……なるほど、かなり画期的と言えた。


『魔石』。


それはマジックアイテムの原料として日常的に使われるエネルギーだった。

産業としては一大ビジネスだ。研究から開発はもちろんのこと、採取してくるギルドに至っては大陸中に存在する。

採取。それはダンジョンから鉱石として発掘されることもあるが、大抵は魔物と呼ばれる生き物から取り出すことができる。人族や獣には備わっていない。

そして。

フェゼさんの狙いはこの魔石の養殖だった。

より正確に言うのなら、魔物を家畜化しようというのだ。

（これは大陸を席巻する事業になる。……成功するのなら）

しかし、残念ながらこの産業を成功させた商会や国、種族はない。

要因はたくさんあって数えきれないが、私の知っている限りでは『魔物は扱いにくい』という点が特に大きい。

多少の知性を備えており、魔物によっては魔法を扱うことができる。凶暴性もあるため管理する施設にも莫大《ばくだい》な費用がかかる。

さらに、ごく稀《まれ》にとてつもなく強化された個体が出現するため、その施設も丸ごと壊れるような事件が起きる。

しかも、弱い魔物から取れる魔石も少ないので、支出と収益が合わないことが多い。

だからこそ私は聞いた。

「面白い構想でした。しかし、肝心なギミックが説明されていませんよね」

と。それは魔物を扱えるだけの仕組みがあるのかどうか、ということだった。

フェゼさんが自信あり気に答える。

「安心してください。抜けているわけじゃありません。むしろ肝心だからこそ、協力を得られる時にお伝えするつもりでした」

その言葉を盲目的に信じることはしない。でも、この人には特別なものを感じた。あながち間違いはないのかもしれないと思わされるくらいに。

そして、その特別という感覚は、次の会話によって一層強まった。

「――では、資金はどうするのです？　うちから出せるような額ではありませんよ」

「これを」

「これは王門……いや、奉天総クラスの魔法具ですか!?」

思わず仰《の》け反りそうになった。

それは魔法具の中でもトップクラスに上質な部類だった。

今この店と、店内にある商品を全て売却しても手が届かない代物だ。

ああ、なるほど。この人は覚悟が違うのだ。

その覚悟の源泉はわからないけど、信じるには十分すぎるものを感じた。

「……最後にもうひとつだけ聞かせてください。どうして私なんですか。この規模の案件なら第一区分に持っていっても特に優遇されるはずです。それをどうして最底辺の私なんですか？」

「運命を感じたからです」

「う、運命っ……!?」

思いもよらない言葉だった。

初めて聞いた。

本の中だけに出てくる言葉じゃなかったのか。

こんな顔の私だ。もう二度と聞くこともないだろう。

たとえ、それがビジネスパートナーとしての『運命』という言葉であっても、この人の口からそんな単語が聞けただけで満足だ。

胸が高鳴って耳が遠い。

「それで引き受けていただけますか？」

言われて、躊躇《ためら》う。

運命という言葉に惑わされて、本当に聞きたい言葉を失った。

私を褒めて欲しかった。

私を認めて欲しかった。

胸中の不安も混じり合い、しかし、せっかくのチャンスをふいにするつもりはなかった。

「わ、私は正直なところ、あまり商人として経験がありません。ロクに教育もされてきませんでした。この顔だって……。そんな私でもいいのなら、お引き受けいたします」

「引き受けていただけるのならお願いします。ただし、条件があります」

「条件……？」

「あなたはアドマト公爵家の嫡子である、このフェゼ・アドマトのパートナーになるのです。自信を持ってください。顔の火傷がなんです。それに向き合う度量があると判断したんです。卑屈にならず、堂々と胸を張ってください」

ああ、そうだ。

そうなのだ。

褒められたいわけでも、認められたいわけでもなかったのだ。

本当に欲しかったのはその言葉だ。

一個人の顔なんて気にならない、大きな『面』が欲しかった。

でも。

アドマト公爵家なんて関係ない。

マモン商会なんて関係ない。

ただこの人に――フェゼ様に付いていこう。

「はい……っ!」

涙ぐんだ声で返事をした。泣いてしまったと気づかれただろうか。そうだとしたら恥ずかしい。

今日ばかりは顔を覆ってくれる仮面がありがたかった。

◆◆◆「第二区分視点」

現・第二区分の本館は七階建てになっている。

巨大な看板を構えており、道行く人の目を奪う。

そうでなくとも一階から三階まで充実した品揃えであり、多くの人で賑《にぎ》わっていた。

他にも多くの支店を抱えており、多数の事業に投資している。

マモン商会の第二区分は名だけではなく、たしかな実も兼ね備えている。

「ヘプア様、ご報告があります」

そこは本館の第二区分長ヘプア・マモンの執務室だ。

応接間にも兼用されるほど大きい部屋で、価値のある美術品も多数置かれている。

そんな場所にヘプアの側近である女性が複数枚の紙を持って訪れていた。

「どうしたのですか？」

部屋の主は長い銀髪を持っている美貌の女性だった。

ネイ・マモンの姉であり、若くして王国に名を轟かせる大商会の二番手である。

「こちらの資料をご確認ください。今年の区分争いはごぼう抜きが起こります」

「……第十区分がこの時期に十五億レピアも売り上げたのですか？」

ヘプアは自分の目を疑い、次に報告に来た者を疑った。

それだけ第十区分の期待値は低かった。

商会内でも存在しないものとして扱われているくらいだ。

しかし報告に来た側近は情報の裏は取れていると堂々たる態度で口を開いた。

「はい。売上先は第一区分のマモン会長です」

「売却したのは魔法具ですか」

「それ以上の情報は財務諸表ではわかりませんが、奉天総クラスのものだと第一区分の知り合いが言っていました。通常は数億レピアで取引されるものですが」

「会長は護身用の魔法具を欲していました。おそらく金に糸目を付けなかったのでしょう」

ヘプアは顎に手を当てて、そのような答えを出した。

それはあくまでも推測だったが、ヘプアは過去の出来事を鮮明に思い出して様々な事象を想像することができる。もはや予言の域にある思考力だ。これがあるためヘプアはマモン商会でもすぐに頭角を現すことができた。

そして実際に彼女の言は的中していた。

ネイは通常の倍以上の額で魔法具を売却していたのだ。それはマモン会長の意向もあるが、ネイの腕でもあった。

だが、ここで問題がある。

ヘプアが続けて問いかけた。

「奉天総の魔法具なんて滅多に出回るものではありません。あのネイがどこで仕入れたのですか？」

「取引先はアドマト公爵家の嫡子フェゼ氏だとか」

「それは変な話です。どうして第一区分に持ちかけなかったのですか？」

「残念ながら正確な理由はわかりかねます。ですが、以前に第二区分に話を持ってきたことがありますので、おそらく父親には知られたくなかったのではないかと」

「隠れてお小遣いを欲しがる子弟は少なくないですが、アドマト家の宝物庫から盗んできたのでしょうか」

疑問を投げかけて。

ヘプアは眉をひそめた。

「――第二区分に話を持ってきたことがある？」

「は、はい。ヘプア様はお忙しいだろうからと、こちらで処理をいたしました」

それはヘプアの耳に入っていない事柄だった。

実際は側近も最近になって知ったことで、末端が勝手に話を済ませてしまっていた。組織が巨大になったために生じた弊害だ。

「私の時間を下手に取ろうとしない判断は評価します。しかし、それでも相手を考えてから一報するべきです。最終的な責任は私が取るのですから、なにも知らされていなければどうしようもありません」

「申し訳ありません。私の落ち度です」

「過ぎたことは仕方ありません。それで、どのような取引を持ち掛けられたのですか？」

「それが……担当者は話すらせずに追い返してしまったそうです……」

ヘプアが信じられない事態に頭を押さえる。

側近も状況を理解しているために顔を歪《ゆが》めていた。

「なにを考えているんですか。せめて話を聞かなければ真偽を判断できないはずでしょう」

「私も聞いた時は肝を冷やしました。しかも、本人はまるで武勇伝のように語っていたとか……」

「その者を即刻クビにしなさい。それからマモン商会のどの区分にも受け入れないように本件を伝えておきなさい。そんなバカを雇っていたと考えるだけ恐ろしい」

「はい。申し訳ありません……」

マモン商会から締め出されてはアドマト公爵領で商人をやることは難しくなる。それどころか取引と名の付くものには一切関われないだろう。実質的な島流しともいえる。

しかし命があるだけマシだろう。それだけの蛮勇《ばんゆう》を犯していたのだ。

「ひとまずネイの第十区分の監視を怠らないでください。それからできるだけフェゼの足跡を辿《たど》ってください」

「フェゼ氏の、ですか？」

「家からくすねただけならば問題ありません。ですが実力で取ってきた魔法具ならば私が出向いて謝罪をしなければいけないでしょう。それだけの相手ならば信用を取り戻さなければいけません」

「なるほど。わかりました」

「それにネイとフェゼの間にどのような取引があったのか……」

ヘプアはあまり勘というものに頼らない。しかし、だからといって勘が悪いわけではない。むしろ理性の部分が強いだけで勘も鋭い。

（気弱だと言われている嫡子が家から物を盗むだろうか。わざわざ第一区分を省いて取引を持ちかけた理由は？　もしも自分で獲得したのなら……どうやって？）

ヘプアに不可解と違和感が巡る。

もしかすると末端の部下ひとりのせいで覆しようのない損失を生んだかもしれない。ヘプアにそんな不安が押し寄せてくるのだった。

第３章　古代技術の反動

この世界には古代技術というものがある。

それはゲームらしいロマンの塊だったことを覚えている。

なんとか獲得したいが、難易度が高い。

戦闘以外にも無理難題のクイズを出されたり、ランダムの出現ポイントを予測したりと困難を極める。

俺は攻略情報をもとにゲームをこなしていただけで、残念ながら全てのクイズや出現ポイントを網羅していたわけではない。

（……というか、ゲームすらまともに覚えていない）

前世の記憶を思い出そうとすると、まるで頭にモヤがかかったような感覚に陥る。これさえなければ、俺はもっと順調に攻略できているはずなのに。

まぁ、そんな愚痴を漏らしている場合ではない。

古代技術のひとつ『人工人《じんこうじん》』を獲得した場合に起こるイベントがある。

それは大型ダンジョン『セウテス』が消滅してしまうことだ。

（『人口人』の獲得は見えてこないが、ふとした瞬間にその機会が訪れるかもしれない）

そうなった時のために、あらかじめ大型ダンジョン『セウテス』の攻略をしておきたい。なぜなら王門クラスの魔法具が眠っているからだ。

（効果は…………――ああ、くそ。まただ）

思い出そうとすると記憶が自然と閉じていく感覚に襲われる。なんとかこじ開けようとしても断片的なものしか思い出せない。

記憶に関連するものに直接触れられると思い出せるのだが。

くだらないものは覚えているのに、こうしていざ肝心なものになると記憶の引き出しは壊れているように開いてくれない。

しかし、『セウテス』の王門クラスの魔法具には、なにかしら元いた世界に戻る可能性があるかもしれない。

開天神代クラスでなくとも、あるいはきっかけに繋《つな》がるかもしれない。

大事なのは獲得しておくこと。

失ってからでは遅い。後になって『やっぱり獲得しておけばよかった』なんて泣き言が一番悔しい結果になる。それだけは絶対に避けたい。

（だから大型ダンジョン『セウテス』を必ず攻略する）

言葉では簡単だ。

だが、大型のダンジョンは規模が計り知れなければ魔物も強い。

なにより、未《いま》だに『セウテス』の最奥まで進んだ勢力がいないことから明らかだ。

（まあ、それは生きている世界の話で……）

実際のところ俺はゲームで攻略している。

最奥の付近にはメーダスタ・ワームというSランクの魔物が潜んでいることも知っている。

それはミミズのような姿形をした魔物だが、皮膚は鱗《うろこ》のように硬く、口先には無数の牙が生えている。

なにより厄介なのが地中を自由自在に泳ぎ回っているということ。遠く離れられれば、こちらの攻撃は自然の要害によって一切届かない。

それゆえにSランクの魔物だ。

他にも多くの魔物が棲んでおり、やはりダンジョンの難易度を上げている。

（ゲームでは神の視点からプレイできていたが……）

実際となれば話は変わってくるだろう。

視界の薄暗さや空気の濃度、衛生状態なんかも加味しなければいけない。

座学も経験も積んできているが、やはり不安材料は潰《つぶ》しておいた方が無難だ。

そのために。

「ふーんふんふん」

「ニナ、うるさいぞ」

隣から鼻歌が聞こえてくる。

それを咎《とが》める声は鋭い。

「はぁ!?　そんなこと言うなら耳元で歌うけど!?」

「うわっ！　やめろ!!」

「はは、暴れるのも大概にしておけよっ！」

「クルドの言うとおりよ。ニナの歌は独創性が高いから」

彼ら以外にも二人の足音が後ろから聞こえる。

俺を含めて合計五人が深い森の中を進んでいた。

「わ、あの二人ひどくない？　テーゼなんとか言ってよ！」

「むりだ。依頼人もしかめっ面をしてるだろ。もうやめてやれ」

別にしかめっ面なんてしていないのだが。

おそらくこの身体の生まれつきの顔なのだが。

可憐な少女が俺の表情を見て、しょぼくれた。

「どうしてみんなイジメるのっ！」

まるでそこらの路地からでも聞こえてきそうな、軽快な会話だ。

だが、実際に話しているのはSランクギルド『飛翔』のトップパーティー『白来』の面々であり、彼らはそこら辺の路地では到底見かけることのできない人々だ。

話を流すようにして、大柄の男が俺に話しかけてきた。

「しかしまさか、さっそく依頼をしてくるとはな！　しかも対象はあの大型ダンジョンの『セウテス』ときたもんだ！」

「しかも値引きまでねぇ。うふふ」

「俺達相手に値引き交渉をしてきたやつなんていなかったぞ！」

怒り。

ではなさそうだ。

むしろ感心している風に聞こえる。値引きをされることは彼らにとって本当に珍しいことだったのだろう。

「すみません。色々と投資をしていて手持ちがなくて」

「気にするな！　本来なら無料でよかったくらいだ！」

「あら、そんなに安いわけじゃないけれど。でも、まぁそうね」

俺としても値引きは本意ではない。

彼らは正当に仕事をすることで有名だ。そんな人間にこそ多く払いたい。

「投資か。……聞いているぞ。おまえ随分と私兵を雇っているそうじゃないか」

テーゼの視線が警戒色を帯びている。

貴族の兵隊になにかイヤな思い出でもあるのだろう。

しかし、まさか私兵を雇っていると気づかれるなんて。

「そこまで派手に動いたつもりはありませんでしたが……」

「安心しろ。おまえに助けられた事件以降、俺達のギルドは『耳』を大事にするようになったんだ。おそらく俺達以外に知っている人間はごく少数だろうよ」

「なるほど。そうでしたか」

テーゼ達は以前、敵対ギルドに壊滅させられそうになっていた。

そういう意味で情報力を強化していてもおかしくはない。

たとえ俺でも同じことをするだろう。

そして、その過程で俺に関する情報を集めていても不思議ではない。

彼らの所属するギルドの活動拠点はテストリア王国の南部……というか、アドマト領地に被《かぶ》っている。

そこの領主の息子の情報となれば知りたくなってもおかしくない。

自分達のことを助けた人間ともなれば、なおさらか。

ピンポイントで調べられたら、さすがにお手上げだ。

俺の警戒が足りなかった、そういう話だ。

今度は俺が対策をする番だな。

「ちなみに言っておく。俺らはおまえの私兵になるつもりはない」

「ギルドに愛着があるんですか？」

「違うな。貴族に仕える気がないんだよ。ギルドの中には貴族に取り入るために、率先してお偉いさんの依頼を受けるところもあるみたいだがな。俺達はその逆だ」

言葉に些《いささ》かの棘《とげ》を感じるのは気のせいだろうか。

俺も貴族の端くれなのだけれど。

「もー、素直になりなさいよ！　遠回しに、フェゼさんは特別だって言いたいのよ、この人は！」

ニナと呼ばれる少女がテーゼの背中を叩く。

なかなかの威力みたいだが、テーゼは慣れているようで、そこまで動じていない様子だった。

「ちっ、違う！　俺達は簡単に取り込まれないってだな……！」

「はいはい、そうですねぇ～！」

「がはは！」「うふふ」

なんだか剣呑《けんのん》な雰囲気になりかけていたが、ニナ達と笑い声によってかき消された。

実際、テーゼの言っていたことは一歩間違えれば危険をもたらすものだ。

俺が私兵を集めていると、それを知っていると。

それは俺に警戒をもたらすものだ。

むろん、彼らに敵対する意思がないことはわかっている。

こうして開示するということは悪意がないことの表れだ。

それでも私兵にならないという拒絶は……。

あるいは敵になる可能性を示唆している。

ギルドは傭兵《ようへい》まがいのこともする。昨日の友が今日の敵になることだってありえるわけだ。

（でも、できれば『白来』のパーティーとは仲良くしたい）

素の実力が強い、ということもあるが。

彼らの人柄や名声は好感度が高い。

ゲームに登場しないからかな。あまり嫌悪感をもたらすようなやつらではない。

荒《すさ》んだ世界の癒しにも見えるくらいだ。

「お！　そろそろヘゲル村に到着するんじゃないか？」

大柄の男が言う。

ヘゲル村は『セウテス』に近い場所にあり、たまに冒険者の休息所としての役割も果たしているそうだ。

中には宿場もあり、一旦の目的地としていた。

のだが。

――黒煙が上がっている。

それも無数に。

「おい」

「ええ、そうですね」

テーゼと俺が顔を見合わせる。

全員の足が速く動く。

この煙が不用品の処理なら良し。祭りならなお良し。ダンジョン攻略前に美味しいものを食べて催しを見てくつろいでもいいだろう。

だが、そうではない。

祭りが開かれるなんて話はなかった。

なにより、耳を澄ませば微《かす》かに聞こえてくる悲鳴と、もう慣れてしまった鉄の臭い。それらが不穏な予感をさせている。

◆◆◆

村は襲撃を受けていた。

襲撃者達の恰好《かっこう》はみすぼらしいものから貴族趣味まで十人十色で、装備にも規則性は見られない。おそらく身に着けているものは収奪品だろう。そこから彼らの素性を推測することは容易《たやす》い。

「盗賊か……！」

「みたいだな」

テーゼと大柄の男が苛立ちを隠さない声色で言葉を交わしている。それでも声を潜めているのはさすがといえるだろう。

いきなり加勢するよりも、冷静に状況を把握した方がいい。

それは武勇に優れたトップギルドの人間でも変わりない。

「数は三十人程度ですね」

「ああ。しかも強い。他国のだが、懸賞首もいる」

俺が確認するように言うと、テーゼが補足的に情報を出す。

賊には数パターンある。

山や海で襲う集団や、交易の要所で流通を狙う集団だ。

こうして集村に武装して襲いかかることは滅多にない。大抵の村には防衛機能が備わっているからだ。

それは賊への対抗手段としてだけでなく、魔物から守るために存在している。

こうしたダンジョンに接している場所は特に強固な守りのはずだ。さらに戦闘職の人手も少なくないはずだろう。

しかし、今回の賊達は自分達の腕に自信があるようだ。こうして襲撃していることが証明だ。そして一部は突破して村の中で戦闘が起こっている。

村が落とされるのも時間の問題だろう。俺達がいなければ。

「クルドとエセーリアは外で魔法を打ち込んでいるやつらを頼む」

「了解だ」

「はぁい」

「ニナは俺と一緒に村の中まで来てくれ。あの暴れてるやつらを倒す」

「わかった」

作戦が決まったようだ。

俺が省かれているのは自然の成り行きだろう。

緊急事態に対処するならいつものメンバーだけでいいという判断だ。

俺だけ除《の》け者のような状態は感情的に寂しいが、そこは論理的に切り捨てる。俺は俺がやれることをやるだけだ。

テーゼ達が動く。

最初にぶつかったのは外縁部の賊だ。

賊らは突然の乱入者に驚くが、すぐに気を取り直して迎え撃つ。

(クルドとエセーリアといったか)

ゲームでいえば、クルドは耐久型の戦士タイプだ。肉弾戦に迫力があり、人を片手で投げ飛ばしている。

そんな怪力が繰り出す斧《おの》の一撃は人体を豆腐のように両断している。

エセーリアは魔法タイプだ。

大規模な氷の魔法を行使して村に壁を作って、これ以上の被害を防いでいる。さらに地面に薄氷を広げて賊の足を止めた。

ダンジョンで見たコンビネーションだが、改めてトップギルドのエースパーティーに相応しい実力を持っている。

これだけ戦える人間はそういない。

外縁部にいる賊は二十名程度だが、数的不利を物ともしない。

(しかし、不思議だな)

彼らはこれだけの実力を持っているのにゲームには登場していない。

もちろん、全ての実力者を網羅しているわけじゃないだろうが、かなり自由度の高いゲームだったと記憶している。

様々な技能を持つ人材を勧誘することができるのだが、戦闘力はその中でも大事な項目のひとつだ。それこそ大陸中を駆け回って探すほど。

攻略サイトにはそういった人材を事細かく記載していた。誰なのか、どこにいるのか、どういった技能を持っているのか。

それでも彼らのことは脳裏を過《よぎ》りもしない。

(……ああ、いや、そうか)

彼らは本来、『向かい影』に襲われた時点で死んでいたのだろう。

俺が助けたのか。

だからこうして今も生きて動いているのだ。

そう考えると感慨深いものがあるな。

なんて思いに耽《ふけ》っているとテーゼとニナが村の中まで突入したようだ。

◆◆◆「とある盗賊視点」

今日の仕事は簡単なはずだった。

中くらいの村を襲って終わりのはずだったんだ!

「どうなってやがる!?」

「知らねえよ!」

ここまでうまくいっていた。

バカな守衛を殺して中に突撃する。

それから応援に駆け付けたやつらと戦って、中と外の部隊で分断されるところまで想定済みだった。

だから中の俺達は精々暴れ回ってやった。

そんで、外の部隊が村に火をつけて混乱させた。やつらは他の村から応援が来ないように見張りも兼ねている。

順調じゃねえか。順調だったはずじゃねえか。

それなのに！

「どうして外から敵が来てんだよ！」

「だから知らねえって！」

もう仲間が結構やられた。

俺と隣にいるやつしか生き残っちゃいない。

化け物だ。

赤い髪をオールバックにした男だ。

こういう風体と似たようなやつの話を聞いた気がするが、バカだからそんなのいちいち覚えちゃいねえ。

さっきまで小さい女もいたが、優勢と見ると怪我人の手当てに行きやがった。随分と余裕な様子で腹が立つが、どうしようもない。

「降参しろ。そうすれば殺さない」

赤髪の男が悠長にそんなことを言ってきやがる。

奥歯を噛《か》みしめる音が聞こえた。隣のやつだ。

「おまえが殺さなくても村のやつらが殺すだろうがッ！」

大通りで見合っているが、周囲を囲んでいる家から視線が向けられている。それらはどれも心地いいものじゃない。

殺される。

それもただ殺されるわけじゃない。

タコ殴りに遭って、水をかけられて石を投げられて、それから腕や足を折られて、顔面は一生治らないだろうな。

まぁそんな心配する必要なんてない。

どうせ裸にひん剥《む》かれて串刺しにされるのがオチだ。

死体はどこかに晒《さら》されて動物やら虫やらの餌にされるだろう。

最後は人間以外の糞《くそ》になってしまうわけだ……。

俺の心情を悟ったのか、赤髪の男が渋い顔になった。

「……騎士団に渡す」

「どっちにせよ死刑だッ！」

「それは知らん。これまでの所業だろ」

冷てぇ目でこっちを見る。

くそ、ツイてねえ。

ここら辺は行商を襲って次の国に行くって話だったのに。

なのに全然いねえからよお……！

だから村を襲ってすぐに撤退ってことにしてたのに！

「なんとか帰るぞ！」

「このまま帰ったらボスが怒るだろ⁉」

「ああ、タダじゃ済まないだろうが、ボスが来ればコイツらも終わりだ！　せめて道連れにしてやろうじゃねえか！」

「い、いやだ、死にたくない！」

隣のやつが震え出す。

俺はこいつの名前すら知らない。

最近になって合流しただけのやつだ。

俺だって、そんなやつと一緒に死ぬなんてごめんだ。

「死にたくないなら降参してこいや！」

「おわっ⁉」

隣のやつを蹴飛ばす。

そいつは死にたくないから慌てて剣を振り回すが、赤髪の男は軽く避《よ》けている。
バカが。あっさりと取り押さえられやがった。
だが、その時間さえ稼げればいい。
さっきから視線を向けてきている窓枠に飛び込む。
家の中はまだ荒らしていなかったから家具が整然と並んでいる。
「きゃっ!?」
ビンゴだ。
家の中にいたのは小さなガキがひとり。
親はどうしたかな。
おそらく外にでもいるんだろう。それならとっくに死んだだろうな。
そんなことどうでもいい。
ガキの首に手を回す。
こいつは人質だ。
俺の生命線だ。
「……その子を放せ」
窓枠が吹き飛ぶ。
それから塵煙《ちりけむり》の中から赤髪の男が現れる。
パワーも速度も違いすぎる。

そりゃ勝てるはずもない。

だが、今の俺なら引き分けに持っていける。

このガキがいるからな。

「お、俺を逃がせ！　このガキを殺すぞ！」

「うわぁぁんっ！」

男がピクリと身体を動かす。

危険を察知して、ガキの首筋に剣を押し当てる。

「へ、変な動きをしたらすぐに殺す！　本当に殺すからな⁉」

ガキの首から血が出る。

だがこの程度じゃまだ死にはしない。

うるさい悲鳴が耳に響く。

つい殺したくなるが我慢だ。

このまま逃げ切ったら殺してやる。

「これ以上、罪を重ねるな」

「はぁ⁉　なにをどれだけやっても変わらねぇよ！　もう俺は死罪で確定なんだからよ！」

「そういうことじゃないだろ……」

「おまえなんかの宗教の信者か⁉　あいにくと俺はそんなもの信じちゃいねぇッ」

自分でもわかる。

勝手に声が張り上がる。

これればかりはどうしようもない。

抑えようとすれば逆効果で、ダサい裏声になっちまうんだ。

前にもこうやって圧倒的な力を見せつけられたことがあるからな。

「おまえだって本当はやりたくないは――」

男が言いかけて、止まる。

その目は遠くを見ているようだった。

どうしてそんな不自然な行動をしたのか。それはすぐにわかった。

ぐらりと視界が揺れる。

地面が大きく動いた。

――地震だ。

それも巨大な存在に身体を振り回されているように錯覚してしまうほど。

なんとか体勢を維持する。

どれくらい経《た》っただろうか。恐怖も相まって無限に感じる時間が過ぎた。

ようやく収まり、景色は多少変わっているようだった。

家具が散乱しており、赤髪の男が立っている。

揺れがあれば自然と視界もブレるので、ここで一気に打開されるのが怖かった。なんともないようで安心だ。

俺の人質も……。

……あれ？

「────!!　……？」

どこに行った!!

と、声を出そうとしたが。

言葉が出ない。

喉に違和感があることに気づいた。が、その時にはもう血だまりが床に出来上がっている。

口や、さらにその下から血があふれ出る。

喉が貫かれている。

いつの間に。

いやだ、死にたくない。

息苦しさと、おぞましさが襲う。

なんだ、これ……!?

誰が俺の喉を貫いた？

赤髪の男は動いていない。

ガキ？

そういえば、あのガキはどこに行った。

そうだよ、あのガキはどこに行ったんだ!?

辺りを見渡して、ガキを見つけた。

なんてことはない。俺の背後にいやがった。

しかし、そのガキが俺を刺したのではないとわかった。

ガキが凄惨《せいさん》な光景を見ないようにと、その目を両手で覆い隠している男がいた。男っていうか
……これまたガキか？

黒い髪のガキだ。片手で重そうな黒い剣を持っている。

戦闘経験はある方だから、まあわかる。こいつは強い。

そりゃそうか。

俺が気づけないうちに背後を取られていたんだから。

何度目かの吐血で、膝から身体が崩れる。

「……ぁ……ぇ……？」

なんだ、おまえ。

そう尋ねようとしても声がザラつく。血が砂のように邪魔をする。

ガキは凄然と立ったまま、俺の動向を警戒しているようだった。

安心しろよ。もう力は入らない。

（ああ、地獄とかあるのかね）

こんなことならガキのこと放しておくべきだったか。

今さらそんなことをしても意味ないか。

くそ。

妙に頭がハッキリしてやがる。

それが余計に自分の恐怖心を煽《あお》ってくるんだ。

死にたくねえなぁ。

俺が殺してきたやつらも同じことを思っていたんだろうか。

◆
◆
◆

盗賊を殺して、しばらく。

子供を近くの村人に預け、テーゼと合流した。

「助かったぜ。外の様子はどうだ？」

「心配ありません。逃げようとした人もいましたが捕縛しています」

「手際がよすぎだな」

「これが俺の役割かと思いまして」

見ようによっては雑務だが、こういう細かいところを潰していくことも大事だ。

今は死体の処理を手伝っている。

なかなかグロテスクな光景かと思うが、村人は耐性があるらしい。手慣れた様子で盗賊らの死体を片している。

（ダンジョンから『人』が運ばれるとしたら、ここの村だろうしな。そりゃ死体も見慣れているか）

そんな納得を勝手にする。

実際にそれは間違いじゃないだろうし、特に不思議はない。

しばらくして、他のパーティーの面々も合流する。

「おつかれさまー。すごい地震だったね？　この近辺だと珍しいんじゃない？　というか、ここら辺で今まで地震なんてあったっけ？」

ニナが言う。

全員が首を傾げながら「たしかに、なかったな」なんて答える。

それからテーゼが俺の方を見た。

「あれって、おまえが起こしたわけじゃなかったのか」

「俺ですか？」

「おまえならそれくらいやってもおかしくないと思っていたが」

「そんな無茶をする人間だと思われているんですか」

やれなくはないけど。

人質を解放するためとはいえ、それではコスパが悪すぎるだろう。もっと効率のいい手段はいくらでもある。

それでも、あの地震に助けられたのは事実だが。

ふと、横から声がかかった。

「冒険者の皆さん、助けていただいてありがとうございます」

「おにいちゃん、ありがとう！」

村の人々と、小さな子供がにこやかな笑顔で言う。

軽く会釈をして返す。

それから白髭《しらひげ》を蓄《たくわ》えた老人が前に出てきた。

どうやら代表者的な存在らしい。

村長のような風格を感じる。

「さっそくお礼を……と言いたいところなのですが、実はそんな余裕もないのです」

「まぁこんな被害が出てたらしょうがないよっ」

ニナが慈愛の笑みを浮かべる。

村長は申し訳なさそうに首を横に振る。

「それもそうなのですが、もっと予断を許さない状況なのです」

「どういうこと？」

「実は近隣の村々まで盗賊の被害に遭っているようなのです」

「えっと、あいつらだけじゃないの？」

「はい。どうも盗賊らが手を組んだようでして。今回の失敗を嗅ぎつけて、おそらく他の盗賊らも間もなく来ることでしょう……」

ニナと老人が会話を広げる。

そもそも治安のいい世界観ではないが、それにしても無法者が多いようだ。

そういう事案は富める側の人間が対処するべき社会システムのはずだが、まあ機能していないのだろう。

（俺は統治者の側にいるが……ここはアドマト領地じゃないしな）

そう、ここは俺の一族が管理する領地ではない。

テーゼ達とは遠征に来ている。

だから盗賊がいるからと余計な手出しをすることは憚《はばか》られるのだ。

（……いやな話だが、国が盗賊と関係を持っている場合もある）

たとえば国の意向に反抗的な村を脅す手段として用いたり、他にも贅沢《ぜいたく》のために有力者が収奪させたりするのだ。

要するに、盗賊でも大きな組織は背後関係を洗っておかなければ面倒になるかもしれない。

胸糞悪いが、敵はとりあえず叩けばいいというものではない。

仮にここがアドマトの領地ならば、いかようにする権利もあるのだが……。

しかし、ニナたちはそう思っていないようだった。

「それなら他の盗賊も捕まえちゃおうよ！」

「いいな、それ！」

「まぁいいかもしれないわねぇ」

クルドもエセーリアも程度の違いはあれど、ニナの意見に乗り気な様子だ。

随分と善性に寄ったパーティーだな。

それが彼女らの団結を強固なものにしているとわかる。

「フェゼ、どうする？」

そう聞いてきたのはテーゼだった。

ここに来たのは俺の依頼が目的だから、優先度を確かめているのだろう。

「実は先ほどの地震には思い当たる節があります」

あまり聞かれたくない話だ。

他のパーティーの面々すら聞こえにくいほどに声を潜めながら言う。

「ん？　あれはおまえがやったわけじゃないんだろ？」

「はい、そうです。けれど、この一帯であれほどの地震が起こることはありません。この件に関しては調査済みです」

「盗賊被害以外にも家が倒壊しているな。しかし、ならあの地震はなんだよ？」

「あれは『セウテス』の自壊システムが起動した証《あかし》です」

「打ち合わせの時に言ってたやつか……」

セウテスが自壊することはテーゼ達に共有済みだ。それを知っているから、テーゼも理解を示してくれる。

「システムが起動したら、猶予はもう一日しかありません。目当ての魔法具も壊れることでしょう」

「一日だけなのか？」

「ええ、セウテスは大規模ダンジョンです。今すぐにでも攻略を始めないといけません」

どうして期限を知っているのか。そう問われることはない。

テーゼにはあらかじめ関連書籍を読んだと適当なことを言っている。まぁ実際にそれはあながち間違いとも言えないのだが。

だからか、テーゼは俺の言葉をあっさりと信用した。その上で苦渋《くじゅう》の顔を見せる。

「未踏の場所まで行くのに少なくとも一週間は必要なんだぞ。そこから最奥まで進まなくちゃいけないんだ。もう無理じゃないのか？　それこそ自壊するってんなら往復のことも考えて半日で行かなきゃいけないんだろ？」

「いえ、行けばなんとかなるはずです」

「しかし、な……」

テーゼが振り返って村人達の方を見る。

俺達が長い会話をしていたために、村人達の向ける視線が一抹《いちまつ》の不安を帯びていた。

テーゼもニナたちと同様に、村人のことを放っておけないのだろう。

「ええ、わかっています。だから攻略は俺ひとりだけで」

「ひ、ひとりだけ？」

テーゼが珍しく動揺した。

それだけ大規模ダンジョンをひとりで攻略することはないのだ。

実際にゲームですらソロ攻略はしなかった。傭兵やギルド、騎士なんかを同伴させてプレイするのが基本だ。

「俺のことより、そちらはどうですか？　相手は大規模な盗賊っぽいですが勝てそうですか？」

「盗賊なんかに負けねーよ」

テーゼが言い切る。

自信に裏打ちされた実力があるからだ。

俺も彼が負けるとは思っていない。

こちらへの心配を避けるために、会話を無理やり変えただけだ。テーゼもそのことには気づいているだろうけど。

「では、また後ほど合流するということで。場所はこの村で構いませんか？」

「どうせ俺達はここを守るしな。そもそも盗賊の拠点もわからん」

「それもそうですね。万が一、俺が戻らなければ応援を呼んでおいてください」

「弱気だな？」

「念のためですよ」

危険な場所に赴くときは、常に誰かに共有しておいた方がいい。

それが川でも山でも、そしてダンジョンでも、変わりはない。

「……死ぬなよ。大規模ダンジョンでは誰が死んでもおかしくない。俺が強いと思ったやつらも散っていった」

「さすがに無理だと判断したら退散しますよ」

言いながら、テーゼと背を向け合う。

俺はダンジョン攻略に。テーゼは村の防衛だ。

気になるのは――。

(――誰が『人口人』を獲得したか)

あれはそう簡単に手に入る代物じゃない。

だが、それを手に入れた人物がいる。

もしかして俺以外にも誰か転生者がいるのだろうか？

そいつは俺の敵になるのだろうか。

共闘できればこれに勝るものはない。

俺は記憶があやふやだからな。

どちらにせよ。

俺が求めていたものが先に取られたのだ。

そして、それは単体でも十分に脅威になりうるものだ。

もしも『人口人』の獲得者が敵に回ると……あまり望ましい状況ではないな。

(今はダンジョン攻略が先か)

必死に記憶を辿りながら、ダンジョンまで急ぐ。

◆◆◆「テーゼ視点」

次なる盗賊の襲撃に備えて、村人達は防衛や修復のために動き始めた。

「フェゼさんどこに行ったの？　助けを呼びに行ったとか？」

「ダンジョン攻略に行くんだとさ」

「え、ひとりで!?」

ニナが驚きをそのまま言葉に乗せた。

「聞いてなかったのか？」

「ひそひそ声だったもん！　なんか猶予がどうとかは聞こえてきたけどさ！」

「そういうことだ。だから急いで向かったんだよ」

「やばすぎるでしょ!?」

「そうかもな」

大規模ダンジョンの攻略にひとりで臨む者はいない。

そもそもソロで危険地域に挑むなんてありえない。

フェゼにしても、それを理解しているから俺達を雇ったはずだ。

「バカだねー……王門クラスの魔法具っていえば、そりゃ珍しいけどさ。そんなに欲しいものなのかな？」

「貴族の道楽だろ」

「あ、またそうやって！　フェゼさんは違うって話し合ったでしょ～？」

ニナが明るく振る舞う。

……俺なんかよりもおまえの方がよっぽど貴族を恨んでいてもおかしくはないはずなのに。

「わかってるよ。クソ野郎だったら意地でも俺達のことをダンジョンに連れていったはずだ。村のことなんて気にせずな。まぁそんなこと言ってきたら依頼断ってたけどな」

「うんうん。ま、本当に盗賊が来るかもわからないけどね」

「守ることに意味があるんだ。相手の拠点がわからないうちは」

時間を稼げば村人を避難させることができる。

そうでなくとも応援を呼ぶことだって可能だ。

「ここの領主さんがいい人だといいねぇ」

「悪いやつだったらクーデターでも起こせばいいんだ」

「それがなかなかできないことはテーゼも知ってるでしょ？」

「ふっ、そうだな……」

怒りが一周回れば笑みが出る。だが憎悪が消えることはない。

昔のことを軽く思い出しそうになって、

「あれ？」

不意にニナが遠くを見て首を傾げた。

どうやら騒がしいらしい。

元から工事の音や声がうるさかったが、それとは異質の騒々しさだ。

「た、大変です！　森の方から大勢の盗賊がっ！」

村人のひとりが慌てた様子で報告に来た。

ニナが前のめりになる。

「もう来たの⁉」

「随分と統率が取れているみたいだな」

「それにしてもヤバすぎない⁉　まだ修復だって終わっていないのに！」

ニナの焦りが伝わってくる。

実際、統率が取れている盗賊ほど面倒なものはない。

盗賊を相手にする時の利点は連帯のなさだ。

多少の訓練を積んでいるやつなら雇われになる。

こうして盗賊になることは珍しい。

ましてや、それが大所帯となればなおさらだろう。

少し走り、村の外周を見回す。

エセーリアが展開した氷の障壁によって侵入は容易くないためか、盗賊は遠巻きにこちらを窺っている。

「なるほどな……どうして盗賊共が徒党を組んでるのかわかったぜ」

「え？」

「先頭のやつを見てみろ。ザウスティ……ありゃ懸賞金三千万の有名人だ」

「……！」

ニナの表情が締まる。

そりゃ誰だってそうなるだろう。

実力があっても盗賊をやるやつがいる。

それは傭兵やギルドなんかやるより人から奪った方が遥かに儲《もう》けられるやつだ。……要するに腕だけで世界を敵に回しても生き残るようなやつだ。

「おやおや、仲間がやられたと報告があったから来ましたけど……まさか、ここで有名人と出会うとは思いませんでしたよぉ！」

紫色の髪の男――ザウスティが声を張り上げる。

服装は貴族が着ているような正装をしており、雰囲気も上品な感じだ。

どうやら相手も俺のことを認識したようだった。

報告か。フェゼやエセーリアたちが見逃したとは思えないから、おそらく遠距離から監視でもしているやつがいたのだろう。

盗賊の戦力は少なくとも村の半周を囲めるほどの数だ。

軽く見積もっても百人はいるだろう。

「これだけの数をどうやって揃えた、ザウスティ！」

「おおっ、私を知っているのですか？　それはなんとも、嬉《うれ》しいですねぇ！」

「質問に答えろ！」

「くっく、簡単ですよ。諸国を駆け回って盗賊の群れを作っているんです!!」

ザウスティが両手を大きく広げる。

簡単な話が各地の稲作を喰い荒らして飛び回るイナゴの群れってわけか。

しかし、いろんな国を回って一定の基準を満たした実力者を揃えれば、これくらいの数は揃うわけだ。

懸賞金三千万に嘘偽《うそいつわ》りはないか。いいや、むしろここまでの勢力を作り上げた時点で、さらに吊り上がってもおかしくはない。

「もしも来るなら皆殺しにするぞっ」

「怖いですねぇ！」

脅してみるが、どうやら効果はないようだ。

まぁ端《はな》から期待はしていない。

これは村人や仲間たちに伝えたものだ。

こいつらを生かして捕らえることは困難だと。

殺しても止むなしだろう、と。

ザウスティはニタニタと頬を吊り上げたまま歩みを進める。後ろに構えている連中もザウスティに付いてこちらに向かってくる。

「――」

ザウスティが腰にぶら下げていたレイピアを取り出す。細身の武器を正面に持ち、氷壁の前に立った。

氷壁の横は人が通れるだけのスペースはあるのだが。

「……ふっ！」

刺突。

不穏な『ピキっ』という音がこちらまで届いた。

（おいおい、まじかよ）

細身から繰り出された一撃だけで、波のように広がっていた氷壁の全体がひび割れた。

ザウスティが自慢げに笑んだ。

「さぁ、始めましょう！」

氷壁を蹴り、砕け散る。

盗賊が一気に駆け出す。

「――っ！」

戦闘が始まる。

「もー！　全然休めてないのにっ！」

ニナの文句が響き渡った。

◆◆◆

盗賊が叫ぶ。

「な、なんなんだよ、こいつ！」

「ふははははっ！」

三人まとめて吹き飛ぶ。

クルドの怪力だろう。

あいつは大岩すら「邪魔だ」とか言って投げ飛ばすようなやつだ。

「くそっ！　なにも見えねぇ!?　うわっ、気をつけろ！　槍が飛んできてるぞ！」

「うふふ……」

濃霧が一面を隠している。

ああ、エセーリアか。

視界不良だというのに的確に魔法を当ててくるから厄介なんだよな。

「みんな大丈夫だよね!?」

ニナの声だ。

あいつは回復魔法以外にも、身体能力の向上などのバフをかけてくれる。

後衛は目立たないのが本来だ。

しかし、ニナのバフはかけられた前と後で明確に違う。

こいつらとパーティーを組んで本当によかったと思える。

「はっはっ、さすが噂に聞く白来ですねぇっ」

「ちっ！」

濃霧の中からレイピアが放たれる。

それを剣でいなすが、次の一撃が速い。

これが細身で軽量な武器の利点だろう。

相性が悪いとまでは言わないが厄介だ。

特にザウスティほどの男が使い手なのだから。

「どうです？　あなたも盗賊になりませんか？」

「なるわけねぇだろ！」

レイピアをはね返しながら、威圧のために怒声で答える。

「それは残念です」

戦闘の最中にも会話をする余裕があるようだ。あるいは見せかけか。

しかし俺と戦闘を続けられるやつはなかなかいない。

「そっちこそ、投降するつもりはないのかっ？」

「まさかぁ」

「だよな……っ！」

なんとか急所こそ避けているが、ザウスティの攻撃はいちいち速い。

受けたダメージでいえば俺の方が大きいだろう。

大半はかすり傷だが、これが蓄積していくとマズい。

早々に決着を付けたいところだな。

「ほらほら、どうしましたっ！　もっと勢いを付けないと！」

ザウスティのレイピアからバチバチと閃光《せんこう》が走っている。

「雷系統の魔法か……っ！」

「くふふ、私は貴族出身でしてねぇ！　魔法には多少の心得があるのですよっ！」

「めんどうくせぇな！」

俺の生まれ育った場所は小さな村だ。

貴族のように行儀よく戦闘を習ったわけじゃない。

戦闘に関連する魔法は素質と教育が必要だと言われている。

特に教育の部分が重要で、幼少の頃に習った者と、そうでない者の違いは大きいとされる。だから冒険者は基本的に肉弾戦のやつが多い。

だが、それは基本的な話だ。

――大地を蹴り上げる。

単なる目くらましだと――普通は思う。

しかし実際は俺の魔力が付与されており、土が意思を持った集合体のように波打つ。

ザウスティが咄嗟《とっさ》に避けた。

「つ、土を使うなんて魔力効率が悪いにもほどがあるでしょう……!?」

なんてことをザウスティが言う。

こいつが戦ってきたのは盗賊を追う騎士団ばかりだろう。

あるいは蜘蛛《くも》のように罠を張り巡らせて待ち伏せる行商か。

だから俺みたいな魔法の使い方をするやつとは戦闘経験がないはずだ。

「知らねえな。俺の魔法は全て我流だからよ。――ほら、もう一回だ」

「二度目は受けけんッ!」

土の波は視界を奪う。

さすがのザウスティも避けることはせず、風の魔法で土砂を近寄らせない。

だが、今回はそれが狙いじゃない。

「なっ!?」

印象付けたかったのは正面からの攻撃だ。

視界が限定されれば、当然他の方面からの攻撃が気になるところのはず。

しかし、それは左右に限定した話だ。

「上だよッ!」

ニナの身体強化も合わさり、跳躍から反転までの時間は短縮されている。さらに体幹の運動性を損ねないまま姿勢の制御も安定させることが可能だ。

当然、威力の減少もごくわずかだ。

「ヌアァァッッ!!?？」

ザウスティに一撃を喰らわせる。

レイピアを間に挟んで直撃は避けたようだが、受け流すにしても限度があるだろう。

少なくとも腕か胴体の骨を一本は持っていっているはずだ。

「空中は想定外だったか？」

「……」

「……」

問いかけに反応がない。

土ぼこりが止み、ザウスティの姿が現れる。

倒れたままピクリとも動いていない。

――とりあえず火系統の魔法を発動する。

「なにやってんだァ貴様ァ!!!?!?　死体にさらに追い打ちをかけるやつがあるかぁぁぁぁああ!?」

俺よりも乱暴な口調でザウスティが罵言《ばげん》を吐く。

どうやら本性が出てきたようだ。

「死んでねぇだろ、おまえ」

「マナーの話をしているんだ！　私はァ!!」

「そうやって固定化された考え方だから負けるんだよ」

「負けてない！　負けてない！　私は負けてない！」

ザウスティが地団駄を踏みながら、頑《かたく》なに敗北を拒み続ける。

しかし、あえて戦闘をふっかけてこないことや、レイピアの握りが甘くなっていることなど……俺の経験からくる勘が言っている。

ザウスティはもう戦うつもりはないと。

しかし、それでも釘《くぎ》を刺しておこう。

「いいや、負けだよ。生き残ってきた戦闘教本を徹底的に極めているみたいで、その努力量は認める。基礎は俺よりも上だろう。実際にレイピアに反撃できなかったからな」

「むっ。まあ、私は？　戦闘よりも立案の方が得意だったり？　するわけですからね？」

褒めた途端にデへっと気持ちの悪い笑みを浮かべてきた。

情けないやら恥ずかしいやら。

大事なのは前半の「負けだよ」の部分なのだが……。

「おまえみたいなやつが盗賊の頭目とはな……頭が痛い」

「誰が頭目だと名乗ったね？」

「違うのか？」

「ええ、トップは別にいます。私はスカウトされてNO．2にいるだけ。そもそも私の率いていた盗賊集団は無暗に人を殺すような連中じゃありません」

「なら、そのトップを吐け」

こいつが虚言を連ねている可能性も捨てきれない。

ザウスティは優位に立ったと勘違いしたのか、顔を斜め上に逸らして横目のまま俺を見た。

「まったく。それが人に聞く態度かね？」

「口を割らないってか？」

剣を向ける。

すると慌てて両手を振ってきた。

「そうじゃない！　そうじゃないですって！　まったく……これだから乱暴者は嫌いなんです」

「盗賊がなに言ってんだ」

「それは否定しないがね、しかし乱暴はしない。義賊《ぎぞく》のようなものさ。狙うのは悪徳な貴族ばかりだ。私は私腹を肥やすバカが嫌いで貴族から抜け出たんだ。ノブレスオブリージュだよ、ノブレスオブリージュ」

その言葉は盗賊に身をやつした人間には適用されないんじゃないだろうか。

もしかすると、こいつは天然が入っているのかもしれない。

「で、そのボスの情報を吐けよ」

「ええ、いいでしょう。ボスの残虐性と下衆《げす》さは合わなかったところだ。盗賊連合っていうのは面白い話でしたが……」

「盗賊連合？」

「言ったではありませんか。諸国から盗賊を集めてるって。その中には敗戦国の将軍やら山賊やらが交じってる。あなたの仲間が戦ってるメンツも相当でしょう？」

「全員漏れなく戦闘不能になっているみたいだがな」

「……そ、そのようですね」

俺とザウスティが会話をしているうちに、クルドたちがやってくれたみたいだ。

「しかしだね」とザウスティが続ける。

「ここにいるのは小遣い稼ぎに村を襲撃する面々ばかりだ。私もしょうがなく付き合わされてしまっただけで……それほど強力なものではありません。実際は国家規模で対処しなくてはいけないレベルですよ」

「それはわかったっての。それで肝心のそいつらはどこにいるんだ？」

「くく、誰もが想像のつかない場所ですよ」

「あ？」

ザウスティがもったいぶってヒントのようなものを出してくる。

どうやらボスとやらの居場所はこいつが考案したものらしい。

「思いませんか？　山を拠点にしている盗賊もいるのです。山ですよ、山！　魔物が棲まう場所です。危険なのです。それならば逃げ場のない外壁に囲まれていようとも、スラム街に居座ったり、下水道にいた方がいいでしょう」

「つまり、どこか大きな街にいるのか？」

「バカですねぇ。なにを聞いていたんですか？」

鼻で笑われた。

殺意があふれるが、ここは我慢だ……。

「じゃあどこなんだよ」

「盗賊連合なんてものを組んでいるわけですから、戦力は十分にあります。さらに危険な場所に住むことにも慣れている連中です。それならば普段は人が滅多に出入りしない場所がいい、そう考えたのです」

「……」

イヤな予感がした。

「そう――ダンジョンですよ。大規模なものになれば、空いている場所も多い。そこを軽く閉じてやれば簡易的な居住区になります。くく！　よく考えたものでしょう？」

「どこのダンジョンだ？」

「どこって、そりゃ色々なダンジョンを移っていますよ。盗賊連合ですからねぇ。まだ連携もままならないまま国に動向を悟られるわけにはいきません」

「今どこにいるって聞いてんだッ!!」

焦燥が声を大きくさせた。

ザウスティが目を見開いて「え、あ」と断片的な口気を繰り返して、ようやく言葉を絞り出した。

「今は大規模ダンジョンのセウテス……です」

予感は的中した。

――フェゼがまずい。

◆◆◆

なんだこれ。

「クソガキひとりご入場～！」

「ドンマイだな。ここは俺達盗賊連合の貸し切りなんだよ」

ダンジョンに入ったら途端これだ。

出口が塞《ふさ》がれた。

進む先にも大勢の人影がいる。

どうやら対冒険者用に罠が仕掛けられていたらしい。

「自称を聞くに、皆さんは盗賊の方々ですか？」

「ああ、そうだ。ここは俺達の仮拠点なんだよう！」

「すごいですね。ダンジョンを拠点にするのですか」

「浅い層なら大した魔物は湧いてこない。迷い込んできた冒険者は数でボコる。騎士団は魔物と一戦やり合ってくれるかもしれない。……これほど理想的な住処《すみか》はないだろ？」

理想的云々《うんぬん》はさておき、考え方自体は悪くない。

俺は絶対御免だが、盗賊の性分には合っている。

仮に強そうな冒険者が来ても逃げ回っていればいいだけだし、なんなら手を出さなければ見逃してもらえるかもしれない。

魔物が浅い層に来ないのは運が絡んでくるけど……生態系を築いている魔物の個体差によっては、極力運の要素を減らすこともできる。

事前の調査くらい、どの物件でも行うことだ。

うん。

やっぱり俺は絶対御免だが、考え方自体は理にかなっている部分もある。発想があまりにも盗賊寄りなので、あくまでも理解できるだけだが。

「ところで、さっき地震がありましたよね。逃げないんですか？　ダンジョンの中は怖いでしょう。落盤とか。あと魔物の興奮状態とか」

「はんっ、その程度でビビってられるかよ！」

「そうだぜ。俺達は死ぬ覚悟でここにいるんだ」

「ほうー、なんともご立派なことですね。しかし、それならばよかったです」

「あん？　なにが言いたい？」

「死ぬ覚悟があるなら、俺がなにをしてもいいわけじゃないですか」

黒色の剣を取り出す。

盗賊が構えた。

「お、おまえ腕に自信があるようだな！　だがな、俺達も戦って生きてきたんだ！　……そ、それに聞いて驚け！　俺達のボスは――」

盗賊が言い切る前にアクションを起こす。

彼らに対して、ではない。

ダンジョンに対してだ。

「――吹き飛べ」

俺の言葉と共に、黒い剣が振動する。

ギュィィィっという濁音が横穴全体に響き渡る。

その音は次第に下へ遠ざかっていくのがわかる。

「は？」

盗賊の間の抜けた反応が返ってきた。

ここで解説をしよう。

『セウテス』は直下型のダンジョンだ。

一層ごとがビルのフロアのようになっている。

これが横に十キロメートルも広がっていて、さらに五十層を超えるフロアがある。そりゃ大規模ダンジョンと呼ばれるわけだよな。

当然ながら普通に踏破するなら一日じゃ到底無理だ。

だから全部ぶっ壊す。

けれど、これには様々な難点がある。

巨大な揺れを引き起こすし、ダンジョンの多くの生命が巻き添えになる。それは資源の鉱脈を潰すことにも繋がる。

あと単純にバカでかい穴ができてしまう。

まあ、それでもやるしかない。

どちらにせよ、明日になったら崩壊していたわけだし。

「「「うわぁあぁぁぁぁあああ！！？？？」」」

盗賊たちの悲鳴と共に自然落下していく。

石や岩も一緒に落ちている。

あ、メーダスタ・ワームと目が合った。そいつも落ちていく。

Sランクの魔物があっけないなぁ……。

ん、なんか人がいる。ボスとか呼ばれているが、落下には逆らえていないようだ。そもそも急なことに対応できていないのだろう。

「やっぱりダンジョンに住むなんてクソ話に乗るんじゃなかったー!!」

なんて悲鳴を言いながら下に落ちていった。

かくいう俺は適所で風の魔法を使い、足場を作る。

その応用でバリアのようにして簡易的な鎧《よろい》も作った。これで石や岩から身を守っている。

じわりじわりと地面に降りる。

その間にも耳をろうするほどの轟音《ごうおん》が周囲を占めている。

崩壊した最奥まで辿り着くのに、そこまで時間はかからなかった。

血だまりができるかと思ったが、意外にもそんなことはない。

「さて、と」

ダンジョンの最奥は他のフロアと比べて遥かに硬い障壁によって守られている。

正直なところ、これは賭けだった。

最奥が崩れる可能性があった。

よしんば硬い障壁が壊れなかったとしても、瓦礫《がれき》によって埋もれてしまい、辿り着けない可能性がある。

それでも時間制限がある中ではこうする他なかった。

（結果は……成功かな）

広い空間なだけあり、瓦礫の山が他に比べて低いところがある。それを押しのければ最奥の層の壁が見えてくる。

さて。いくら硬い障壁があるとはいえ、直接攻撃を加えれば貫通することは難しいことじゃない。

衝撃波と派手な爆音を立てて、最奥の層に到着だ。

ここには何も住んでいない。

目が眩《くら》むような黄金と宝石の数々が眠っているだけだ。

かつてダンジョンを支配していた生物が蓄えていただけなのだろうか。それはゲームでも説明されていなかったように思う。

そして、俺の目当ての魔法具も容易に発見することができた。

王門クラスの魔法具だ。

しかし、これは……。

◆◆◆

ダンジョンの外に出ると、汗だくのテーゼが立っていた。

「無事だったか！」

「あれ、どうしてここにいるんですか？」

「盗賊の頭目がここにいるって聞いて来たんだよっ」

どうやら俺を心配して駆けつけてきたようだ。俺が無事なことを確認して、安堵《あんど》したように深い息をついている。

盗賊の頭目？

ボスとか呼ばれていたやつのことだろうか。

「なんかそんなやつもいましたけど、別になんてことはなかったですよ」

「それどういう……ってか、ここに来る時にすげえ音がしてたけど。これどうなってんだよ⁉」

テーゼが俺の背後の光景を見て、たまげたように声を出す。

森ひとつが入るほどの空洞が出来上がっていたからだ。

「ここはセウテスの跡地です」

「自壊したのか？　まだ時間的に猶予はあるはずだろ？」

「……」

どう答えたものか。

逡巡《しゅんじゅん》していると、テーゼが両手で目を覆った。

「いや、いい。なんかおまえならやりそうだわ」

「別に普段からこんなことをしているわけでは……」

前にもテーゼに似たようなことを言われなかっただろうか？

俺は一体どんなイメージを持たれているのだろう。思わず否定してしまう。

「しかし残念だな。あの盗賊団の頭目は懸賞金が一億近く懸けられている大物だったんだよ。もったいないことをしたな」

「瓦礫の下を捜せばいると思いますけど」

そもそも懸賞首なんてロクに知らない。

知っていたとしても、いざ会って思い出せるとは限らない。

どちらかと言えば死体を確認できないことの方が、村々の住人の心労になってしまうのではないだろうか。

「まあいいさ。それよりも魔法具は回収できたか？」

「ええ、まあ」

「不機嫌だな？　手に入れたんだろ？」

「俺の思っていたものではありませんでしたから」

便利なものではあったが、望んだものではなかった。

やはり、いきなりゲームクリアというわけにはいかないようだ。

「……なぁ、フェゼって魔法具のコレクターなのか？」

「似たようなものです」

「やっぱりそうなのかよ」

ランクが上位の魔法具は値打ち物ばかりだ。持っているだけでも悪くない。いらなければ売ればいい。だから、とことん求める魔法具を集める。

そういう意味ではコレクターの一種かもしれないな。売るなんて発想がある時点で本物とは遥かに違うだろうけど。

「とりあえず村に戻りましょうか」

「ああ、ニナ達も待ってるしな」

予想していたよりもあっさりと、俺は王門クラスの魔法具を獲得したのだった。


後日、村人達の捜索によって盗賊団の壊滅が確認された。

表向きはテーゼ達の功績にしておいた。

あそこの領主から「お願いだから私兵になって！」なんて言われ、テーゼが貴族嫌いを発揮して、

「やったのは俺じゃねえ！」なんて反論しちゃったらしくて、なんだか俺のことを探り始めている

らしいが……

（他領地で暴れた事実は隠しておきたい）

ダンジョン内で獲得したものは権利関係がクリアのはずだが、王門クラスや山のような財宝はバレたらちょっかいをかけてくる可能性がある。領主が探っているのは感謝するためだけでなく、そういった危険も考えられた。

ちなみに、テーゼを介して村人達からは感謝された。どうも彼らには俺のことを隠しきれなかったらしい。村人達も俺の姿を見ていたので、そこは仕方ないんだろうけど。まぁ領主に黙ってくれているだけありがたいか。

ちなみに感謝してきた理由は盗賊団を壊滅させたことだけじゃなく、ボスの懸賞金を放棄したからだ。

本来ならテーゼ達がもらうべきものだが、当のテーゼは「おまえが倒したんだ」と固辞した。かくいう俺も受け取った方が履歴を辿られて面倒になる。

ということで、懸賞金が最終的に行きついたのは村人達だった。

さて、これから多くの魔法具を獲得していこう。とはいえ、目当てのものじゃなければ処分したいところだな。

第４章　不穏の始まり

俺は深い森の中にいた。

太陽が照らす部分は少なく、大樹によって生み出される影は不穏な暗闇を生み出している。

まぁしかし、この森に危険な生態系が築かれている情報はないので特に心配していない。

それよりも俺の頭は様々な考えが巡っていて忙しかった。

（魔石事業どうするかな……）

マモン商会の第十区分長であるネイとの共同ビジネスだ。

このゲームの特性上、魔物にはなんらかの一貫性が備わっている。それは一個体が突出して進化した場合も同様だ。

それを利用すれば魔物を管理することは実は容易い。

（容易いと言っても神の視点でプレイしたことがあるからこその話だ）

俺が目を付けたのはゴブリンだ。

あいつらは性欲の塊だ。

そんなゴブリンに有効なのが『レドマリス』という植物で、特殊なフェロモンを使って自らの雌《め》しべに異種族のオスを興奮させるように仕向けることができる。

そして新たな子供を産む。自らの種族と、異種族のどちらかだ。混合することはない。

（──ただ恐ろしいことがある）

その植物のフェロモンは異常な興奮を呼び起こす。

一度ハメられたら自力で抜け出すことは困難だ。

俺もうろ覚えだったのだが、その植物を見つけた時に同行させていたやつが暴走したことで思い出した。

そして抜け出せないままだと最後は腰を振り続けて死ぬ。

これがゴブリンと噛み合わさると性欲が倍増して大変なことになる。

だが、レドマリスの特性上、たとえ親世代が死んでも新たな子供世代が一定数生まれる。

その期間に死んだゴブリンの魔石や使える部位を安全に回収することができるのだ。

（とはいえ、やっぱり不安が多い）

ゴブリンは一貫して性欲が強い。それはこの世界の絶対のルールだ。

それでも万が一のリスクを考えたい。そのルールが覆った時は？

たとえば性欲のないゴブリンが生まれたのなら。レドマリスのフェロモンを避けられるゴブリンがいたのなら。片方だけならばフェロモンにあてられるか、性欲に左右されるので問題ない。だが、両方同時に発現すれば最悪も考えなければいけない。

なんて、その程度の自分で考え付くようなことは対策済みだ。怖いのは自分の想像の外にあることが起こること……。

「やっぱり別の魔物も用意しておきたいな」

なんて、ひとりごちる。

しかし、なかなかゲームの記憶は思い出せない。

本を読んだり、こうして外に出たり。実際に魔物を倒しながらなんとか回収しているのだが。

そうそう都合よく思い出せないな。

（けど、問題は他にもある）

魔物の管理だ。

ネイに一任してあるが、やはり危険は多いだろう。

それに事業の詳細はあまり広めたくない。

簡単とは言わないが、手法が知られれば真似ができてしまうものだからだ。

しかし、こちらも未だに目途が立っていない。

（早めに解決したいんだよな）

事業だけでも問題は山済みなのだが、実は他にも俺の頭を悩ませることがある。

それは『テストリア王国立学園』だ。

一定の年齢に達するとテストリア王国の設立した学園に通う必要が出てくる。

平民は一律して試験を受けなければならないが、貴族はほぼ強制的に試験をパスさせられる。

いわば階層意識からくる暗黙の了解だ。平民は通わなくてもいいが、貴族は教育を受けろと言われているのだ。

（通うつもりはさらさらないんだけど）

目的はハッキリしている。教育と横の繋がりを維持することだ。どうしても貴族政治は連帯を取らなければいけない。それは諸外国に対抗する目的もあるが、内部分裂を起こさない目的もある。

しかし、両方とも俺には不要だと断じていい。それよりも俺にはやるべきことがたくさんある。試していない事業や帰還するための計画、それに毎日の訓練だ。

なにより内部分裂は学園が設立されても起こっているし。

(どうするかな)

天を仰ぐ。

不意に。

――がさりと後ろから枝葉の揺れる音がした。振り返る。

「……」

「……」

白銀の体毛に迸《ほとばし》る電流。

直接見たことはないが知っている。それはフェンリルと呼ばれるSランクの魔物だ。Sランクともなれば都市を破壊するほどの強さを持つ。伝説級の魔物だ。

しかしおかしい。

この森は都市や町村、通り道に四方を囲まれている。

よってここは近辺の魔物に残された唯一の生存圏になるが、それでも基本的な調査は済んでいて、Cランク以上の危険な魔物はいないという結論が出ている。

「……」

「……」

睨み合いが続く。

俺はどちらかというと疑問の目で見ているのだが、フェンリル（？）の方は俺を警戒しているようだ。

この世界で意識が覚醒してから結構な時間が経過した。

もう腕には多少の自信があるので、相手の力量というものは見ればなんとなくわかるようになってきた。

そんな俺の本能が言っている。

（こいつ弱い）

幼体のフェンネルというわけではない。もう立派な成体のはずだ。

それでも見た目とのギャップが甚だしい。

というかなんか汗かいてないか？

なんだか足も震えている気がする。

もしかすると、こいつ。

「そこの――」

「――ひぃぃぃっ！　す、すみませんんんっ！　おいら悪いことなんてしません！　許してくださいぃぃぃぃっ!!」

フェンリルから一転して姿を変えた。それはスライムだった。

思わず嘆息《たんそく》する。それは安堵からくるものではなく、落胆に近いだろう。

「なにもしませんよ」

「な、なんだぁ。よかったぁ……」

スライムが安心してへこたれる。

（どことなく愛嬌《あいきょう》があるな。喋ることができるってことはユニーク個体か。あれ、そういえば……）

こいつらは魔石の養殖には向かない。

とことん向かない。だから落胆したのだが。

……俺の脳裏に面白い考えが浮かぶ。

『ぐぅ～』

間の抜ける音が響いた。スライムの腹の音だ。

「お腹空《なかす》いたよぅ……」

さっきまで命乞いしていたのに見事な切り替わりだな。

俺が危害を加えないと知ったから安心したのだろうか。

「これ食べます？」

ポーチから干し肉を取り出す。

スライムはなんでも食べる。もちろん干し肉も食べられる。

半透明な身体をぷるぷると震わせて、俺の与えた干し肉に飛びついた。

「うぉぉーっ！　ありがとうーっ‼」

森に声を響き渡らせて、スライムは干し肉を一気に完食してみせた。

「ひとりなんですか？」

「うん、そうだよぅ。おいら変なやつだからって群れから放り出されたんだ」

「変なやつですか。喋るスライムなんて珍しいですもんね。それに——変身ができる」

「そうそうー。群れのやつらは誰もできないんだぁ」

自慢と寂しさの合わさった声色だ。

おそらくまだ幼いのだろう。他者と違うことにプライドと恐れを持っているようだ。

「ちなみに俺に変身できますか？」

「ん、できるぞ」

いとも簡単そうにスライムが姿を変える。

服もピッタリ同じだ。

「触ってもいいですか？」

「まぁおいらは変身すごいうまいからなぁ。触ってみたくなるよなぁ。しょうがないなぁ～」

「ありがとう。それじゃあ遠慮なく」

触れる。

これは驚いた。

皮膚も服も全て同じ感触だ。

見ただけでコレとは。

「お、おい、くすぐったいぞっ」

スライムはずっと締まりのない顔で笑っている。俺の顔だからやめて欲しいんだよな。

手を放してポーチから物を取り出す。

「干し肉いります？」

「ま、また⁉　い、いいのか⁉」

「どうぞ。いくらでも食べていいですよ」

「おまえいいやつだな！」

それからスライムは俺の姿のままでムシャムシャと干し肉を食べる。

「俺はフェゼといいます。名前はなんていうんですか？」

「おいらペマ！」

「ペマですか。……ところで、ペマ。もっと美味しいものを食べたくありませんか？」

「もっと美味しいもの⁉　これより美味しいものがあるのか⁉」

「これから俺の言うこと聞くのなら、いっぱい食べさせてあげましょう」

「うん！　言うこと聞くよ、ママ！」

ママじゃないんだけどな。

まあいい。時間もないから手っ取り早く用件だけを話そう。

「――俺の姿で学園に通ってください」

「がくえん？」

「道中で話すから付いてきてください。あ、俺の姿は解除しておいてくださいね。人から誤解されても困りますから」

「りょっ！」

言って、ペマは姿を解いてスライムの姿に戻った。

◆◆◆「ペマ視点」

おいらはペマ。

ママに言われて、フェゼ・アドマトとして学園に通っている。

そうすれば美味しいご飯がいっぱい食べられるっていうんだ。

それはそうだった。たしかに美味しいご飯は学園でいっぱい食べられた。お腹が痛くなる草とか黄色い虫とか食べなくてもよくなった。

けど……。

「ははは！　これがアドマト家の嫡子だぞ！」

おいらは学園の裏庭で人間に囲まれていた。

メルタ・オゾってやつと取り巻きだ。

ママと違ってこいつらは優しくない。

殺されないけど、手や足を使って痛めつけてくる。

「ふぇぇぇ……やめてよぅ……」

痛い。

髪を引っ張らないでくれよ。石を投げないでくれよ。

ママは「アドマト家と縁故ある家柄の人と仲良くしておけばいい」なんて言っていた。最初はたしかにそうだったけど、今では見て見ぬふりで助けてくれない。

「わかるか、おまえら！　これからの時代は力なんだよ！　こんなやつよりもうちが公爵家になるんだ！」

メルタの言葉にみんなが頷く。

このまま殴られ続けるのかなぁ……。

食堂ってところに行けば美味しいご飯が食べられるけど……。

ママに言って学園から出ていきたいなぁ……。

「ちょっと、やめなさいっ！」

声がかかる。

金ピカの髪色に青い瞳のメスだ。小さな身体だけどおっぱいがすごく大きい。

「はっ、レゥリかよ」

「あなた、オゾ伯爵家の嫡子でしょう!?　もっとそれに相応しい言動を心掛けてください！」

「うるせーよ、貧乏の子爵家生まれ」

「それとも何か？　婚約を取り消してもいいんだぞ？　うちがおまえを買ってやったから食っていけてるんだろうが」

「それは……っ」

ギリっと奥歯を噛みしめる音が聞こえる。レゥリってメスから聞こえた。知ってる。これは悔しい時の仕草だ。

「立場ってものを弁《わきま》えろよ。なあ？」

メルタがレゥリに手を伸ばす。

けどレゥリはその手をはね除けた。

「触らないで！」

「っつ……なにすんだ、おまえっ！」

「な、なぁ、嫌がってるじゃないかぁ。やめろよぅ……」

「てめえは調子に乗るんじゃねえよ！」

お腹を蹴られて尻もちをつく。痛い。

声が段々と大きくなり。

周囲から人が集まり出した。

「おい！　おまえらなにをやっている⁉」

上級生ってやつが現れた。

瞬間、メルタの勢いが止んだ。

「……なにも。遊んでるだけですよ。おまえら行くぞ」

言って、メルタ達はバツが悪そうに去っていく。

上級生がその後ろを追う。

レゥリと目が合った。

「た、助けてくれてありがとうぅ」

とりあえずお礼を言ってみる。

でも、レゥリの目は苛立たしそうだった。

「あなたもしっかりしなさい。アドマト家は別にお金に困っていないんでしょ。それなら堂々としているべきよ。うちみたいに領民が苦しんでいる家なんて……」

「えっと……」

おいらはママじゃないからよくわからない。

どう返事をするべきかわからない。

オドオドしているおいらを見て、レゥリはため息をついてから離れていった。

うぅ……。

こんなところにいたくないよぅ。

でも寮ってところに住んでるからママが来てくれないと会えないし……。

早くママと会いたい……。

◆◆◆

あれからテーゼ達との活動を増やしており、魔法具獲得のために色々と奮起している。大抵は王門クラス以下がほとんどだが、稀に奉天総の魔法具の獲得に至っている。

その際に生じる目下の問題は「いらない魔法具をどうするか」という点である。潜在能力が高いものや、研究価値のあるものは手元に残してあるが、どうしても不要なものが出てきてしまう。

（……ということで試しにオークションに出してみたのだが）

俺の眼前に商人が座っている。

一見すれば普通の男性と遜色ない。

「お会いできて光栄です、フェゼ・アドマト様」

「こちらこそ、今回は購入ありがとうございます」

オークションの形式は多々ある。完全に仲介者が間に入るものや、端的に商品と値段の交換会だけを行う運営者だ。

今回は後者になる。

つまり出品者と落札者が直接取引する形だ。

手数料が少ない代わりに、情報源の分岐は多く、幅広い落札者に商品を知ってもらうことができる。

そして、問題が起こることも多い。

「いやぁ、アドマト家といえばマモン商会！　我々商人の間でも噂は持ちきりですよ」

「ほう、そうなんですか」

「ええ、ええ。特に末端だった第十区分でしたか。ここが最近目立っているそうでして。なにやら莫大な取引をしているのは知っているのですが、私のような駆け出しの商人には内容すら耳に入ってこなくて」

「はあ、なるほど」

商人の男はオークションと関係のない話を延々と続ける。

俺と彼の間にはローテーブルがあり、その上には王門クラスの魔法具が置かれてある。だが、それを男は一瞥《いちべつ》もしない。

かなりの高値を付けていたのに、商人の関心は別のところにあるようだった。

俺としては手早く取引を終わらせたいのだが、どうにもいい予感はしない。

「よければマモン商会と近いフェゼ様にお話を伺いたいんですけどねぇ」

「……俺に？」

「ええ、ええ。マモン商会はアドマト家と密接な関係にありますから」

俺とネイの関係を知っているのかと思ったが、どうやらそうではないらしい。第十区分の飛躍についても詳しくないと言っていたし、俺のことは純粋にアドマト家の嫡子として相手にしているのだろう。

そして、この男の目的も理解してきた。

オークションを人脈づくりの場所だと勘違いしているようだ。

「残念ながら、そういった情報は機密だと思いますので」

「あはは、まあそうですよね。でも、やっぱり気になるんですよ。なにもない第十区分がいきなり飛びぬけた成果を出せるはずがないんです。なにか裏にあるような気がして」

ひとつでも情報を抜き出そうと必死なようだ。

本当に商品を高い額で落とした商人とは思えない。

「そろそろ商品の受け渡しをしたいのですが、構いませんか？」

「ん？　ああ……うーん」

商人は後ろ頭を掻《か》きながら、小さくため息をついた。

それから「これねぇ」とバカにしたように口を歪ませた。

「改めて考えると、ぶっちゃけいらないなぁって感じで」

「そう言われても落札したら購入する必要があります」

「はは。運営の人にそう言われたの？　残念だけど、お金を渡さなければ取引は有効じゃないんだよ？　そういうの知らずに参加していると痛い目に遭うから気をつけた方がいいけどなぁ～？」

煙に巻く言い方をしてくる。しかも敬語が完全に崩れた。

しかし、俺は知っている。お金を渡さなければ取引は有効じゃない、なんて道理はない。知らずに参加しても事前に説明を受けられるので問題ない。

こいつは適当なことを言って取引をなかったことにするつもりだ。

……やっぱりか。

推察するに、マモン商会の情報を引き出すために俺をおびき寄せたわけだ。高額で落札した理由も話を聞ければ条件クリアだからか。

もしも情報を得られなければ、その時点で不必要と判断して取引を中止する。いや、仮に情報を提供しても取引自体は中止していただろう。

かなり悪質だな。

「では、運営者を呼びましょうか。非常時には駆けつけてくれることになっていますから」

「いいよ？　そうなったら困るのはそっちだけど」

「そうですか」

あくまでも自分は上の立場だと主張してくる。俺がどう困るのか聞きたいが、押し問答を繰り返しても埒《らち》が明かない。

連絡用の魔法具を起動する。

「おっ、おい！」

男が居心地悪そうに悪態をつく。

もはや取り繕うことすらしないが、貴族の俺に手を出さないだけ理性が多少は働いているようだ。

「これまでの態度やキャンセルを報告したとなると、あなたは多くのオークショニアにブラックリストとして登録されるでしょう。そうなると商売に困るのはあなたです」

俺の言葉に肝を冷やしたようで、男は顔を真っ青にして身を起こした。

「おまえ、ただのガキじゃないな!?」

「言葉遣いは丁寧にしておいた方がいいのでは？」

「くっ……！　わかった……わかりましたよ！　金は払いますっ！」

「はい。どうも」

かなり乱暴になったが、その後は無事に取引を終えた。

なお、口止め料はもらわなかったので、もちろん取引の経緯はオークショニアに伝えておいた。

どうやら他にも余罪があったらしくて、普通に数々のオークショニアの間でブラックリストに登録されたとのことだ。

◆◆◆

ネイが対面に座っている。

以前は質素な木製の椅子だったが、今では高級感のあるレザーチェアを使っている。応接室も広くなり、他者に舐められることはない。

外からは賑やかな声も聞こえてきて、立地もいい。

「ネイさんの区分も随分と大きくなりましたね」

「全てフェゼ様のおかげです」

それは褒めすぎだ。

ネイは俺が与えた仕事以外にも多角的に事業を展開している。

たとえ悪い評判があってもお金があれば人手は集まる。そして悪い評判の誤解は消えて、さらに人手が集まる。いい循環ができてきている。

「俺の力なんて微々たるものです。一年にも満たないうちにこれだけのことができるのは、単にネイさんの実力ですよ」

これは正直な感想だ。

ネイほどの手腕を持つ者はなかなか探し出せるものではない。

「フェゼ様にお褒めいただけるのは至上の喜びです」

それは言いすぎな気がするけど。

どうもネイは過剰な反応が好きなようだ。

「しかし、気をつけておいた方がいいかもしれません。実は先日にもネイさんのビジネスについて探る輩《やから》が接近してきました」

オークションでの出来事を伝えると、ネイは驚くこともなく申し訳なさそうに目線を下に向けた。

「フェゼ様にはお手数をおかけしました。どうも目立ちすぎてしまったようでして……」

「俺のことは構いません。ネイさんのことが心配なだけです」

「あっ……うぅっ……！」

ネイが頬に手を当てて言葉にならない声を紡ぐ。

「ネイさんには今さらかもしれませんが、産業スパイに関しては万全の対策をしておいた方がいいでしょう」

話を戻す。

ネイが「こほん」と会話の間に咳《せき》を置いてから続ける。

「ええ、そうですね。実は前から産業スパイの動向が活発になっていました。そのためダミーの商会を設立したりしています」

「『工場』はどうですか？　強硬手段を取ってくる輩がいないように、辺境の立地を用意していますが」

「ええ、それも功を奏しています。それにフェゼ様から頂いている対策費もありますから、今のところ問題ありません」

「……対策費を？　ちなみに、どういった対策をしているのですか？」

彼女は契約的にも立場的にもビジネスパートナーだ。

信頼はしている。

しかし、それとチェックをしないことは別個の問題だ。

俺は第十区分の経費は入念に目を通している。

――少なくとも対策費に関しては使われていないはずだ。

（……裏切り、はないはずだ）

彼女の人柄には触れているから、それはなんとなくわかる。

ともすれば情報漏洩《ろうえい》を隠しているか？

俺との関係に執着しているように思われたから、見捨てられる不安を感じてしまえば、その可能性を無視することはできないだろう。

そんな俺の予想を、ネイは斜め上に裏切った。

「たとえば、よく働く人手も見つけました。あれを人と言っていいのかわかりませんが、情報漏洩の心配がなくて」

「と、いうと？」

「なにやら古代技術らしくて。『人口人』と名乗っていましたが、これがきびきび動くので。ゴブリンやレドマリスの飼育や処理を担ってくれています」

「人口人……？」

「ええ。戦闘も得意なようでして、前に忍び込んだ敵対商会の人間が悲鳴をあげて助けを求めてきたくらいなんです。自分達から騎士団に捕まりに行ったんですよ」

仮面の向こう側で、ネイが笑った気配を感じる。

なるほど、人口人か。

あれは自律型の頭脳を有しており、戦うための部品も持っている。

それならば、ありえる話だ。

むしろ下手に情報漏洩をしたり、ゴブリンの被害に遭ったりしないのだから、かなり合理的な使い道といえるだろう。

対策費に触れた件については、俺に対するお世辞も兼ねていたのだろう。
なんだ、一安心だな。
……。
…………。
……………。
（………………………あれ？）
いやいや………………え？
嘘だろ？
かなり難易度が高くて、俺なんて運任せだと諦めていたくらいなのに。
あれを起動させたの……ネイかよ……!!
「その古代技術については聞いたことがあります。すごいですね……」
「そんな、私なんて」
ネイが仮面の着いた顔を俯《うつむ》ける。
耳まで赤く染めて照れているが、表情までは読み取れない。
まぁ過ぎたことはいい……。
正直、彼女の能力について舐めていた側面があったかもしれない。
十分に評価していたはずだが、それを軽く上回っている。
「そういえばネイさんの区分は上がったのですか？」

売り上げは見違えるほどに高くなったはずだ。本店を移転できるほどに資産も増えているはず。

それならば区分が上がってもおかしくはないが、未だにそういった話は聞いていない。

「いえ。上がっていません。マモン商会は毎年定期的に区分の昇降があるのですが、その時期はまだ来ていませんから」

「では楽しみは残っているわけですね」

「はい。フェゼ様のパートナーとして恥ずかしくない順位に上げてみせますっ」

パートナーという単語に鼻息を荒くしている。

なんだか迫ってきそうな勢いだったので少しだけ身を引いてしまう。

俺の与えた魔石事業はまだ本格始動していない。あくまでも試行期間に入っているだけになる。

そこまで焦らなくともいいが、ネイの性格はせっかちじゃない。つまり、それだけ乗り気だということだろう。

ここは抑えるより発破をかけておいた方がいいか。

「期待しています」

「は、はいっ！　必ず応えてみせますっ！」

「あはは……」

過度に熱のこもった返事に苦笑いをこぼしてしまう。

なんだ。これは俺の空気感がおかしいのだろうか？

「あ、そうだ。これが今回の報告書です」

ネイから進捗《しんちょく》状況を記された資料をもらう。

既に魔石の販売を開始しているが、養殖を行っていることは秘匿状態にある。信頼できるわずかな人間しか知らない状況だ。

だから少数のみしか販売できていないのだが、それでも売れ行きは十分といえるだろう。これなら試算しなくとも一目で莫大な利益を想像できる。

うん。やはりネイに任せてよかった。

いくら他に計画があるとはいえ、最初に出会った時を考えてみると、勝算はあっても賭けの要素を十二分に含んでいた。それがこれだけ見事にハマると気持ちがいいものだ。

「うん。今日はこれでオーケーです」

「ご確認ありがとうございます」

ネイが恭《うやうや》しく頭を下げて続けた。

「そ、それで、なんですけど。実はちょっと見てもらいたいものがありますというか……」

「見てもらいたいもの？」

コンコンと扉がノックされる。

入ってきたのはネイの秘書をしている人だった。

俺も何度か見たことがある。この人のことではないだろう。

秘書はそのままネイの元にまで駆け寄った。

「今はフェゼ様との時間――……もとい、商談中ですよ」

「申し訳ありません。急の報告でして」

秘書は声を潜めてネイになにやら話している。

ネイの顔色はわからないが、その身体に露骨な動揺が走った。

「そんな……。ちゃんと確認しましたか？」

「はい。たしかです」

「ありえない……」

ネイが額に手を当てる。

秘書の顔は苦悶《くもん》に歪んでいた。

明らかに異常な事態だ。

「よろしければ、なにがあったかお聞かせくださいますか？」

「それは……」

「フェゼ様になら構いません。いえ、むしろ知る必要があることです」

秘書は言葉を渋ったが、ネイが頷くと俺の方に向き直した。

「――マモン会長が何者かに暗殺されました」

さすがの俺でも耳にした内容に固まってしまった。

マモン商会の会長といえば、このアドマト領地内でもとびきりの重要人物だ。広く見ればテストリア王国への貢献も計り知れない。

不意に。

ネイに目がいく。

「大丈夫ですか？」

「え、ええ。おそらく、第二区分のヘプアさんが既に動いていると……」

「そうではありません。ネイさんの心の話をしています」

マモン会長は重要人物であると同時にネイの父親だ。

俺に問われて、ネイは目を広げて、それから伏せた。

「わかりません……嫌いだったはず……ですけど……」

ネイは混乱しているようだった。無理もないだろう。俺が同じ立場でも冷静ではいられない。いくら優秀なネイとはいえ、こんな苦難の局面で自分の気持ちなんてすぐにわかるはずがない。

それならば俺が助力しよう。一大事に動いてこその仲間だ。

「ひとまずマモン商会の重要人物の安全を確保する必要があります。いいですね？」

「は、はい。それでしたら第二区分のヘプアさんや第三区分の長がいますが……」

「そうですね。彼らの安全も重要です。しかし、それ以上にネイさんです。守りは十分ですか？」

言われて、ネイがハッと顔を上げる。

ネイは現在でこそ第十区分だが、評判はうなぎのぼりになっている。また俺からしてみればマモン商会で最重要人物は彼女だ。

こういう時は張本人が一番自分の危険を認識しなければいけない。彼女にはその発想が欠落していた。

「ご、護衛はいますが……」

「信頼はできますか？」

「はい。それなりに裏は取れています。五人だけですが実力もあります。ただ……」

「ただ？」

「マモン会長は最近暗殺を恐れていました。おそらく水面下でなにかあったと思います。エイソ公爵とも度々お話をしていたとか……」

ネイは段々と冷静になってきたようで、状況の整理を始めた。言いたいことをなんとなく察する。

「入念に準備していたマモン会長を暗殺したということですね」

「そうなります。あの会長を上回るとなると……」

ネイが言葉を途切れさせる。

あまり父を殺した仇《かたき》を褒めたくないのだろう。

しかし厳然たる事実としてマモン会長を殺せるほどの力量は脅威だ。

「それでは今日中にネイさんに騎士と従士を遣わします。手足のように使って構いません。おそらく十名程度になると思いますが邪魔になりませんか？」

「あ、ありがとうございます。助かります」

それからネイが秘書に言う。

「この件について区分内で多くを語らせないようにしてください。それから輸送ルートや店に妨害があるかもしれないので人員の強化をお願いします。必要ならギルドや傭兵に依頼しても構いません」

「わかりました」

命令を受けて、秘書が去る。

俺も立ち上がる。

マモン会長を殺したほどの相手なのだから、アドマト公爵家を敵に回してもおかしくない。むしろそれが狙いだと言ってもいい。

父や俺も危険な立場に立っている以上、屋敷に戻らなければならない。

だが、ネイも立ち上がって。

「あっ……」

と、悲哀の声が聞こえた。

その手は一瞬だけ俺の方に向けられていた気がした。

ネイの方を向いて、もう一度尋ねる。

「大丈夫ですか?」

「少しでいいんです……少しでいいから、このままいさせてください……っ」

ネイが胸元に歩み寄ってくる。

涙を流しているのだろうか。身体が揺れている。

仕方ない。少しだけ。嗚咽《おえつ》するネイが倒れないように、しっかりと抱き留める。

第５章　俺がフェゼです

私はレゥリ・ナーナフィス。

ナーナフィスは貴族でありながら、正直なところ豪華絢爛《ごうかけんらん》とは程遠い家柄だ。

それでも先祖代々引き継ぐ領地と領民を預かっており、両親の肩には重い責任感がのしかかっている。

「すまない、おまえに負担をさせてしまって」

父が言う。

その謝罪はオゾ伯爵家の嫡男との婚約についてだろう。

それだけメルタ・オゾの評判は悪い。

「もしもイヤなら言ってね」

母が言う。

間違いなく、本心からくる言葉だろう。

メルタの暴虐で残忍な話が本当ならば、私に逃げて欲しいとまで思っているはずだ。心根の優しい人だから。

けれど私は正直な告白をできない。母に伝えられない。学園に通い始めてからメルタ・オゾの性格については十分に理解できた。ロクなものではない。それなのに逃げられない。

気丈に振る舞うしかない。

「私は大丈夫だから」

母は政治を知らない。

だから私が「イヤ」と言えないことを知らない。

(父さんはオゾ伯爵と裏で結託している)

ナーナフィス子爵家とアドマト公爵家の領地は隣接している。

それも接する領地は広大であり、アドマト公爵家の肥沃な大地や活発な経済活動を行っている街が近い。

(――父はそれら領地の請求権を偽造している)

もちろん父にそんなことはできない。

そんなことをしようとすら思わないはずだ。

では誰がさせたか。言わずもがな。オゾ伯爵だ。

「そうだ。今度貴族会議がある。主に我々南部貴族の集まりになるが宰相様も同席するそうだ」

「まあ。それは張り切らなくちゃね」

テストリア王国の南部は東にオゾ伯爵家と西にアドマト公爵家の二大勢力がある。そして現在ではその勢力図は塗り替わろうとしていた。

オゾ伯爵家が辺境伯を含む多くの家と陰で手を結び始めたのだ。もちろん狙いは南部を統べることにある。

私との婚約も将来的にオゾ伯爵家を拡大させるためだ。その代償にナーナフィスは更なる安定と栄華を誇ることになる。

けれど本当にそれでいいのだろうか。……内心ではわかっているはずの問いかけを何度繰り返してきたことか。

「その貴族会議には各家の嫡子が集まることになっている。既に婚約しているけど、レッリには我が家の嫡子として同伴してもらいたい」

「わかった」

貴族会議？

その狙いは明らかだろう。

ついに計画は締めの作業に入るのだ。

大商会マモン会長の暗殺は済み、アドマト公爵家は経済的に大きなダメージと混乱を与えられた。

仕組んだのはオゾ伯爵の一派だ。

けど知っているからどうしたというのか。

私ごときになにができるのか。

正解は、なにもできない。

なにかできるのなら、まずはあの生理的に受け付けない婚約を取り消したい。

アドマト公爵家と不和になったら先陣に立つのは私達ナーナフィスの領民だ。……こんなバカげた領地争いなんてしたくない。

（でも、それは許されないこと……）

誰が悪い？

欲を出すオゾ伯爵？

従属するしかできない両親？

それとも気弱で付け入る隙を与えているアドマト公爵家？

……フェゼ・アドマトを思い出す。

おどおどして、なにをされても謝るばかり。なんともみっともないことか。

私は無力だけど、あれは特に比較にならない。

アドマト公爵を知っているが、悪い方ばかりに影響を受けている。どうしようもない。

（どうしてここまでままならないの）

私は学園に通う生徒だ。

でも、領主ならどうだろう。

多少の権限でいい。

力でもいい。

なにかあれば現状は変わっただろうか。

どうすればよかっただろう。

◆◆◆

父のエイソ・アドマトの招集で、俺は貴族会議とやらに参加することになった。

それはどうやら重大な決議を行う際に開かれるもので、今回は南部の貴族が集められているとのことだ。

開催地は王都ハガル。

テストリア王国の最重要拠点にして、大本城「テストリア」の鎮める地だ。

八つの内壁からなる強固な一等地があり、三十の外壁は敵をはね返す。

元々内壁と外壁の数は少なかったが、人口の拡大に伴って増強されたそうだ。

テストリア王国では最大の人族生存圏になり、近傍の魔物は軒並み駆逐されている。

俺はそんな王都で父を出迎えていた。

「やあ、フェゼ」

絢爛な馬車から降り立ち、父が俺に手を振る。

俺の背後にはアドマト公爵家がテストリア王国に構える屋敷がある。一等地にあり、大きさも他の大貴族と遜色ない。

両横に並ぶ執事やメイドが主の到着を歓迎するように頭を下げる。

護衛には騎士が付き従っていた。

「父上、遠路お疲れさまです」

「いやいや、公爵領からは遠くないさ」

それから父は俺を同伴して応接間に向かう。

細かな刺繍《ししゅう》の入った絨毯や、樹齢千年を超す大樹から作られたテーブルなど、この部屋だけで高い価値を誇る。

椅子に座り、くつろぎながら父が口を開く。

「どうだい、学園は？」

「悪くありません」

「仲のいい友達はできたか？」

「そのうち紹介しましょう」

父の問いかけに言葉を濁す。

俺は寮に住んでおり、学園にはちゃんと通っている。それが父の認識だ。

しかし、実際はペマに変身させて代行させているので、俺ですらフェゼ・アドマトの学園の様子を知らない。

そもそも王都ハガルですら久しぶりに来たほどだ。

父から「貴族会議があるから王都に行くよ。フェゼも同行してもらう」という連絡が来て、慌てて王都に急行していたので、情報もロクに取っていない。

（うーん。やっぱり父に報告しておくべきだろうか？）

ペマというスライムに成り代わってもらっていること。俺が事業をしていること。危険な場所で修行していること。その他にも多くのこと……。

それらは父が知らなくとも進んできていることなので、報告をしていない。

まぁ、おいおい考えるとしよう。

「フェゼはこれからどうするんだ？」

「どうする、とは？」

「もちろん屋敷に住んでくれれば私は嬉しい。しかし、学園の方が住み慣れているのなら戻っても構わないよ」

学園は王都にある。正確には王都の近郊だ。当然ながら寮も王都にある。

俺の設定では普段は寮に住んでいるし、友達もいることになっている。だから父は俺を気遣って学園に戻ってもいいということを言っていた。

「今日は屋敷に泊まろうと思います。明日は貴族会議がありますから」

「そうか」

父のエイソが嬉しそうな顔をする。

親子水入らずで話すことが少ないからだろう。

学園に通う設定になってから、俺は基本的に邸宅や屋敷に戻ることはなくなっていたので、会う機会すら珍しいものになっている。

「とはいえ、ちょっと所要があって学園に行きます。戻るのは夕方以降になるかと」

「忘れ物かい？」

「ええ、そのようなものです」

正確にはペマだ。

既に連絡を取っており、部屋から出ないように指示している。フェゼ・アドマトが王都に二人いては不自然だしな。

それに「早くママに会いたいよぅ～！」という言葉が届いている。学園の事情も聞き出せていないので、近況を知りたいところだった。

「それじゃあ行っておいで。私も貴族会議について調べておくから急がなくても大丈夫だよ」

「貴族会議の調べものですか。なにか、お手伝いすることはありますか？」

「いいや、フェゼはまだ学業に力を入れる時だからね。そちらに集中していてほしいんだ」

「わかりました」

父の顔には不安が滲《にじ》んでいる。今回の貴族会議はやはりアドマト公爵家に関連することなのだろう。

まぁテストリア王国の南部はアドマト公爵家が多大な影響力を持っているため、南部貴族の集まりならば自然と関係してしまう。

とりあえず今のところは学園に向かうとしよう。父の邪魔をするわけにもいかない。

◆◆◆

学園を歩く。

王都の外れとはいえ広大な一角を占めているだけあり、施設は充実していた。他国からやんごとなき身分の方々が留学してくるので、威容とプライドも備わっている。

しかし、なんだろう。随分と注目されている気がする。

公爵家の嫡子だから、だろうか？

いいや、それ以外にもなにか侮蔑のようなものを感じる。時折聞こえてくる嘲笑が正にそれだ。

不意に怒号が聞こえる。

「おい！　わかってんのか⁉　あんまり調子に乗ってんなよ‼」

「はいっ、すみませんっ！」

片方はひとりであり、もう片方は集団だ。喧嘩《けんか》ではない。明らかにイジメと呼ばれる類のものだ。

誰もが見て見ぬふりをしている。

（おいおい。治安悪すぎだろ。これのどこが内紛を抑止して連携力を高めるのやら。……いや連携は高まっているのか）

弱者を虐げる側は団結している。

ああはなるまい。こうはなるまい。そうやってひとつの認識に固まることで集団の価値観を自らにダウンロードしているのだ。

ただ。まあ不快ではあるわけで。

「すみません。なんか問題起こってますよ」

近くを通りかかっていた教師に伝える。

教師は俺を見てなんだか気まずそうに固唾《かたず》を飲んだが、それでもイジメている人間達の方に向かっていった。

しばらくしてイジメっ子の集団は解散した。

去る際に俺を睨んでいたが、まあいいだろう。

それから寮の方に歩いていると、先の集団がこちらに向かってくるではないか。

「おい、フェゼ・アドマト！」

声をかけられる。

大きな建物の裏道のようで人影が少ない。ということは、なにをしても目撃者を抑えることができる。

そして彼らは意図してこの場所で声をかけてきたのだろう。かなり手慣れているな。

「なんですか？」

「なんですか、じゃねえだ――げぶッ！」

言いながら膝蹴りが来る。

素直に受けていれば腹部にピンポイント直撃だ。

もちろんやられる前にカウンターで顔面に一発を入れる。

「驚いた。いきなり膝が飛んでくるとは思いませんでした」

「……!?」

殴られた生徒は顔を押さえながら尻もちをついている。衝撃と痛みから言葉を失っているようで、手の隙間から血を流していた。

「ふ、ふざけるな！」

「おまえなにしてんだよ⁉」

恫喝《どうかつ》するように四方から怒声がかけられる。

しかし、こちらに向かってくるような真似はしてこない。

一番バレやすい顔を狙って攻撃したのだから、もはや「こっちはいつでもどこまでもやりますよ」態勢だと伝わっている。

結局のところ本性は臆病で狡猾《こうかつ》なのだ。こちらが手を出すと知ればなにもできない。

「最初に仕掛けてきたのはそちらでしょう」

歩み寄ると下がっていく。

尻もちをついた生徒が声を張り上げる。

「メ、メルタ様を呼ぶぞ！」

「呼んだらどうなるんです？」

「えっ……いや、それは……」

俺の問いかけに言葉を失う。

純粋に知りたかったのが、彼らにとってその人物は脅しの材料の意味しかないようで、効力を発揮しないと見ると吠《ほ》える勢いが衰えた。

てか。メルタってオゾ伯爵家のやつか。あいつも学園に来ていたんだな。

「……」

「……」

結果。睨み合う状態になった。

なんだこいつら。

なんか前にも似たようなことあったな。

「で、なんで声をかけてきたんです？」

「「……っ」」

主体性を失ってしまったようで、誰も言葉を発さない。

こうなってはただの膠着《こうちゃく》状態だ。

ゆったり過ごすような無意味な時間は大事だが、バカとの時間は御免蒙《ごめんこうむ》りたい。

唖然《あぜん》と立ち尽くすアホ達を放っておいて、俺は学園の寮に向かった。

◆◆◆

寮は結構な広さだった。

生徒には個室が与えられており、廊下は非常に明るい。

「お〜い、フェゼ・アドマト〜！」

また声をかけられた。

間延びした、明らかに挑発的な喋り方をしている。

声の方を振り返ると、なんか見覚えのある男子が立っていた。後ろには先ほどまで呆然《ぼうぜん》としていたやつらがニヒルな顔をして立っている。

ああ、コレがメルタ・オゾね。そうだそうだ。しかし見た覚えがあるのは別の感覚なんだよな。どうしてだろう。

「なんのようですか？」

「はっ、内心ビビってんのすげぇわかるよ。でも敬語はないって。俺達タメだろ？」

肩が組まれる。ちょっと臭い。

「で、なんのようです？」

「……ちっ、おまえ生意気だな？」

「タメだとか言った後に生意気だとか言うの変じゃないですか？」

「――おい」

「？」

メルタのドスの利いた声が届く。顔が近い。口まで臭い。

「さっきはいきなりあいつらに殴りかかったそうじゃねえか。あ？　どういうことだよ？」

いくら滅多に来ない学園で迷ったからとはいえ、さすがに援軍が早すぎる。両者共に凄《すさ》まじい行動力だな。他にやることはないのだろうか。

「いきなり蹴られそうになったのはこっちですけど？」

「ならあいつらが嘘ついてるってのかよ」

「はい」

「信じられねえな。多数決であいつらの方が信憑性《しんぴょうせい》はあるだろ?」

「うーん。それって」

「だまれよ」

俺の言葉が封じられる。

彼にとって正義はあっちで、こっちの意見はどうでもいいのだろう。いいや、正義というよりは親分子分の関係が近いか。端から平等な裁判は起きないわけだ。

「——ちょっと、言ったはずよ! こんなマネはやめなさい!」

金色の髪をたなびかせて、可愛らしい女子が登場する。

「おいおい、ここは男子の区画だぞ。なに入ってきてんだよ?」

「いやな話を聞いたから来たのよ!」

ずかずかと迫り、メルタの手を俺の肩から払いのける。

それから少女は俺を掴《つか》んでメルタから距離を置いた。

「おい、レゥリ。いい加減にしろよ。おまえもそろそろ力の差ってものを弁えた方がいいんじゃねえのか?」

「ふざけないでっ! 正義のない力にどうやって弁えろっていうのよ!!」

「……ちっ。戦争の終わりまでは下手に出てやろうと思ってたんだがな。もういいわ、おまえ」

「え？」

メルタがレッリと呼ばれた少女に近づく。

「まあそうだな。フェゼがレッリに暴行を加えたってことにしとくか。おまえエロいしな。それで口も使えない大けがを負ったってな」

「な、なんの話をして……」

「さすがにウザいんだよ」

メルタの手が大きく振り上げられる。

レッリは身体を硬くして動けない様子だ。

それから。

――拳が振り下ろされて。

「なにやろうとしてるんです？」

「「「!?」」」

メルタの拳を受け止める。

重くない。速くない。

予想外の状況にメルタを含めた全員が驚いている。

拳はすぐに引っ込められた。

「大丈夫ですか？」

「えっ？　あ……はい」

後ろにいる女子に声をかける。女子は戸惑いを隠せない様子で頷いてみせた。

レゥリか。たしかアドマト公爵領と隣接しているナーナフィス子爵家にそんな長女がいたはずだ。

そしてそれはおそらく彼女で間違いないだろう。

様々なところで彼女の評判を聞いている。曰く真面目だとか正義感が強い人だとか。それから胸が大きいとか。

まあ実際に一目で見たらわかってしまうレベルだったな。

いきなり止めに入ったくらい、曲がったことは見過ごせないのだろう。そんな思いが制服を押し上げている。主に胸部。レゥリの身体は小さいから自然と見下ろす体勢になっているが、彼女の足元が見えないくらいだ。

「おい……てめえなにやってくれてんだコラァッ!!」

メルタが再び振りかぶる。

所作がいちいち大きい。普段から戦闘訓練など真面目にやっていないのだろう。

メルタの両足の間に俺の左足を入れる。半身を避けると、メルタの手は俺には届かない。勢いを殺すしかない。

あまり大事にはしたくない。

だけど。

(仕方ないか)

メルタの顔を掴んで廊下の壁にぶつける。

衝撃音と地揺れがした。

壁がメルタの血で濡れていて、少しだけめり込んでいる。

メルタはそのまま転がり込んで顔を押さえている。

「痛《いて》ぇ……痛ぇよ……っ！」

メルタの泣きべそが聞こえる。

周囲はドン引きだ。

さすがにこれだけやれば理解してもらえただろうか。

いいや、まだか。

ここまで追いかけてきたのだから、こちらも丁寧に教えておかなければ理解されない。

「おまえらの好きな暴力ってやつを味わってみますか？」

「「……！」」

メルタの取り巻き達は震えあがり、顔を青くして佇《たたず》んでいた。

最後の頼みの綱が消えて、後は俺の差配次第となったわけだ。

「……暴力で支配だとか。やられる側になるとイヤでしょう。でも、たしかに便利なんですよね。実際になんでも最後は暴力ですから。では、全員そのまま立っていてください」

拳に力を乗せる。

それから微塵《みじん》も動こうとしない男子らを、地べたに転がってしまうくらいの威力で一発ずつ殴っておいた。これでも手加減はした方だ。

そうして彼らは頬を押さえながら俺を見上げる。次の俺の言動には黙って従う他ないとわかっているのだ。逃げればもっと痛い目に遭うのは彼らが実際に体験したことだろう。それはもちろん加害者側として。

ということで。続ける。

「もうなにもしません。俺があなた達を殴ったのは、あなた達が理不尽で許しがたい行為をしていたからです。これを機に改めてください。わかりましたか？」

全員が無言で激しく頷いた。

これでいい教訓になっただろう。軽く手を振ってやる。

「じゃあもう行っていいですよ」

「す、すみませんでした！」「でした!!」

見事な手のひら返しで謝りながら去っていく。

「次はこんなに甘くありませんからねー！　また似たような場面を目撃したら顔の原型と全ての歯がなくなるまで殴りますからねー！」

彼らの背後に優しい声で助言をしておいた。

あ、誰か転げた。ちょっと痛そうだがすぐに立ち上がって一目散に走っている。

あ、「廊下を走るな」って怒鳴られている。みんな競歩になった。

さて。

「……っ！」

メルタ・オゾは取り巻きに見捨てられて、ひとり地面から俺を見上げている。まだ睨みつけてくる気力はあるようだ。

「あなたも帰っていいですよ？」

「ふ、ふざけるなっ！　てめえこんなことしてタダで済むと思ってんのか！」

「はい？」

「――――ッ！」

メルタが立ち上がる。

反抗してくるのかと思えば取り巻き達と同じ道で去っていく。

「覚えてろよ！　おまえの家が潰れた時、泣いて謝っても絶対に許さないからなっ！」

俺が追いかけないとも限らないのになんて言い草だろうか。

しかし、同時に明らかに雰囲気の違う生徒がメルタとすれ違った。その人らはこっちに向かってくる。

「なんだ。なんともないようだな」

ボーイッシュな女子だ。

腰に帯剣している。しかもレプリカや訓練用ではない。実物じゃないか。

彼女は数名の生徒を同伴させているが、やはり彼らも戦闘には慣れているような顔付きと所作をしている。

レゥリが彼女達に向かって会釈した。

「すみません、お呼び立てしてしまって」

「いいさ。ところで、あのメルタ達が飛ぶようにして逃げていったが、なにかあったのかい？」

「それが……」

レゥリがこちらを見る。

すると、ボーイッシュな女子生徒も釣られて俺と視線が合う。

「俺がやりました」

「……フェゼ・アドマト？」

リオラが不思議そうに俺の名前を呟《つぶや》いた。

「そうです。すみませんが、そちらは？」

「私はリオラだ。レゥリとは知り合いでね。メルタが血の気の多い話をしながら寮に向かったと聞いて助けに来たんだ」

「私がリオラさんに伝えるよう通りがかった人にお願いしたんです」

レゥリもちゃんと準備はしていたというわけか。

「仕事を奪ったみたいですみません」

「学園的には私が動かないのが一番さ。けれど驚いたよ。噂とは随分と違うようだね」

「噂ですか？」

「気弱でイジメられても抵抗しない。言葉もままならず成績も悪い。――とてもそんな風には見えない」

普段はペマが代行しているので、前評判が随分と荒れているようだ。

レゥリが同調する。

「私もなんだか『あれ?』ってなっています。私のことを守ってくれた時とか、普段とは明らかに動きが違いました……」

全員の疑いが向けられる。

「ただのラッキーです」

「ラッキーって……」

リオラがなにか言おうとしたが、遮るように言葉を被せる。

「それでは用事があるので俺は部屋に戻ります。レゥリさん、声をかけてもらった時すごく嬉しかったです」

「あっ、いえ。私なんて……」

俺の謝意に、どこか罪悪感のある顔でレゥリが応えた。

それから適当に軽く頭を下げて、余計なことを勘繰られる前にさっさと退散した。

◆◆◆「ひとりの取り巻き視点」

メルタは優秀だ。

ロクに勉強していないのに学業は優秀で、選択授業の戦闘の実技では学年トップクラスの成績を叩き出している。

　メルタに憧れるやつは少なくない。

　俺だってそうだ。今までの俺はメルタ・オゾに付き従っていた。

『力こそ全てだ！』

　メルタの言葉だ。

　俺もそれを真に受けていた。実際に力があれば誰だってへりくだる。

　でも過去の俺とは決別しなければいけない。

　価値観が一変したきっかけはなんだっただろう。


　そいつは父親が騎士の爵位を持っているとかいう上級生だった。

　俺達のことを注意してきて生意気だったから集団で囲んで詰め寄っていた。

「おい！　わかってんのか!?　あんまり調子に乗ってんなよ!!」

「はいっ、すみませんっ！」

　教師はあまり注意をしてこない。未来の貴族の揉《も》め事に関わりたくないからだろう。そのため普段から上級生による自治が基本だった。

　でも、その日は珍しく教師が俺達を咎めてきた。

「や、やめないかっ」

　俺達は一瞬だけ呆気《あっけ》にとられたが、仲間内のひとりが「あいつ……！」と呟きながら、ひとりの男子生徒を見ていた。

そいつはフェゼ・アドマトだ。

普段から臆病で何をしても抵抗してこないやつだった。

どういう気分の変わりようか知らないが、あいつがチクったのだとすぐにわかった。

教師のお叱りは早々に打ち切られたので、俺達はフェゼの方に駆ける。

フェゼはちょうどよく建物の裏道を通りかかった。ここならば誰にも見つからない。

「おい、フェゼ・アドマト！」

「なんですか？」

「なんですか、じゃねえだ――げぶッ！」

仲間内のひとりが手を出そうとして、あっさりと返り討ちに遭っていた。

顔から血を流しながら、そいつは腰を抜かしていた。

「ふ、ふざけるな！」

「おまえなにしてんだよ!?」

みんなは動揺を誤魔化すために声を荒らげていた。

俺も加勢して声を出すが、フェゼは全てを見抜いているような目で俺達を見渡した。

「最初に仕掛けてきたのはそちらでしょう」

フェゼの足が一歩前に出てくる。

俺達は反射的に後ろに下がってしまう。

本能が言っている。

『こいつはヤバい』

どういうことだ？

訳がわからない。どうしてこんなやつにビビってんだよ。

「メルタ様を呼ぶぞ！」

誰かがそんなことを叫んだ。

ああ、そうだ。俺達にはメルタさんがいる。

フェゼも散々わからされているはずだから、きっともう大丈夫のはずだ。

そう思っていたのに。

「呼んだらどうなるんです？」

「えっ……いや、それは……」

脅し文句を口にしたやつはピクリとも動じないフェゼになにも言えない。

誰だよ、こいつ。

本当にあのフェゼなのか。

「で、なんで声をかけてきたんです？」

気弱なあいつとは明らかに違う。

芯の通った、どれだけ殴っても倒れない巨木の雰囲気を纏っていた。

なんの返事もできない俺達を見かねて、フェゼは静かに去っていった。

そんなことがあっても俺達はまだ愚かだった。

俺達は逃げるようにメルタさんの下に向かった。

「は？　フェゼにやられた？」

メルタさんが鼻で笑う。ありえないと思っているのだろう。

顔面を殴られたやつが必死で説明して、メルタさんはようやく腰をあげた。

「それであいつはどこに行ったんだよ？」

「寮の方に向かってました」

「ま、そうだろうな。俺らも行くぞ」

ああ、これで大丈夫だ。

そんな風に感じたのは今までの成功体験からだろう。

この人に任せていればいい、そう思っていた。

――廊下の壁に顔が叩きつけられる。顔から血を流しながらのたうち回っている。それはフェゼじゃなく、メルタさんだ。

「痛《いて》ぇ……痛ぇよ……っ！」

なんだよ、これ。

メルタさんは戦闘訓練で学年トップの成績を出している。

本人が言っているのだ。力が全てだと。これからの時代は力だと。そりゃ強くて当たり前だよ。

それなのにどうしてこんなことになっているんだ。

いいや、簡単か。

フェゼが飛びぬけて強いからだ。こいつからすれば俺達は戦闘訓練なんて受けていないも同義なのだろう。


ひとつだけわかったことがあった。

メルタの言うことは正しい。力こそ全てだ。やっぱり力が全てを解決する。

でもメルタは使い道を間違えていた。

「どうしておまえらも手を出さなかったんだよ！」

メルタが俺達に怒鳴る。

俺達がフェゼに抵抗しなかったことを責めているのだ。なにを言っているのやら……。

力の差は歴然だったのだからどうしようもなかったじゃないか。

メルタは気づいていない。

俺達がメルタに白い目を向けていることに。

「違うだろ……」

誰かが言った。

メルタの耳には届いていない、小さな声だ。

けど、その言葉の意味は痛いほどわかる。

力っていうものは上には上があって、逆らってはいけない人がいる。それが今まではメルタだったけど、今はフェゼになった。

俺達の敵だ。俺達をどんな目にだって遭わすことができるやつだ。

それでもあいつは言った。

『……暴力で支配だとか。やられる側になるとイヤでしょう』

そうだとも。少なくとも俺は抵抗する気力すら湧かなかった。これからのことを考えると吐き気すらした。

でもフェゼは言ったんだ。

『もうなにもしません』

それにどれだけ安心したことか。

力は支配するものじゃない。俺達が弱者に回って気づいた。共有するべきものだ。メルタのようなやつが現れた時に対抗するために。支配されないために。

俺達は今までメルタの下で踊っていたにすぎない。

そんなメルタは「どうせ終わる家なんだよ、あいつは！　舐めやがって……！」なんて恨めしそうに言っている。

仲間のひとりが見かねて声をかけ、

「で、でも、あいつはヤバイですよ」

なんて言うけれど。

続きを言う暇《いとま》を与えられなかった。

「だまれよ！　おまえも同じ目に遭わせるぞ！」

ああ、きっと違う。

メルタも俺達と同様に踊っているのだ。

それは家の名声か、あるいはプライドか。

少なくともこれからメルタに付き従うやつは減るだろう。そうなって初めて気づいてくれればよいのだが、きっとそうはならない。

◆◆◆

寮の部屋は広々としている。

さすがに芸術的な価値が高いものは置いてないが、設備は十分に揃っている。こうでもしないと貴族子弟が王都の屋敷に戻ってしまうからだろう。

そんな部屋はベッドも広い。

俺の腹部に顔を突き出しながら、スライムが泣いている。

「ふぇぇぇぇ、ママぁぁぁ……っ！」

「すみませんでした。こんなに治安が悪いとは思わなくて。辛《つら》い目に遭わせてしまいましたね」

「でもご飯美味しかったよぉぉっ……！」

「そ、そうですか」

さすが野生出身だ。

前提に屈強な考え方が備わっている。

「ん、ママからいい匂いがするー？」

「バレましたか」

この世界には見た目よりも物を多くしまい込める袋がある。それもやはり魔法具だが、一般人でも余裕があれば買える代物だ。

俺は活発に動くのでもう少し高価なものにしてある。普通より大量に保管できる上に耐久性も高い。

おそらく、その袋から匂いが漏れ出ていたのだろう。

袋から食料を取り出す。

「おわわわぁっ、すごいな！　すごいなっ！」

「全部ペマにあげるつもりで買ってきました。たくさん食べてください」

「ママ大好きー！」

お土産のつもりだったのだが、期せずして謝礼にもなってしまったようだ。

他国から購入したものもあって、ペマは新しい味を無心に頬張っている。いつの間にか涙も引っ込んでいた。

しかし、すごい勢いで食べる……。

いくらスライムでもこれだけの暴食はなかなかないんじゃないだろうか。

「これからのことを話しましょう。ペマはどうしますか？　学園に残りたくないなら、そうしても構いませんよ」

「うー、でも行くところもないぞぅ……」

ペマがしょぼんと気落ちする。

このまま森に戻るよりは学園にいた方がいいのは間違いない。しかしそれはあくまでも野性と比較した時の話だ。

やっぱり不快な環境に身を置くのは避けたいのだろう。

「一応もうイジメは起こらないと思います」

「ほんとに？」

「ええ。もしも再びイジメられることがあれば、すぐに俺に連絡が来るようにします」

「ならまだ学園にいてもいいぞ！」

「そうしてくれると俺も助かります」

イジメが起きないだろう根拠は他にもある。が、それは現段階でペマに伝える必要はない。

そもそもユニーク個体はレアで、個体ごとに能力が違う。

その点で言ってもペマの変身能力はすごい貴重だ。学園以外でも他に能力の使い道を示すことはできる。

だから想像以上の最悪が発生しても学園以外の場所に滞在させれば問題ない。

「ママはこのまま泊まっていくのか？」

「いいえ。ですが王都には滞在しますので、ペマは数日間だけなるべく部屋に閉じこもっていてください」

「りょ！」

それからペマと少しの会話をして、部屋を出た。

第６章　貴族会議と本音

貴族会議。

明確な序列を示すように、宮廷を取り仕切る宰相が上座で、上から順にアドマト公爵家、その対面にオゾ伯爵家と続いていく。

普段は様々な形式で会議が行われる。当主だけ、一部地域だけ、宰相不在、あるいは王も話を聞きに来る……。

今回は嫡子や嫡男が同席させられる。

と言っても座るのは当主だけで、それぞれ後ろに立っているだけだ。また子供のいない家の後ろには後見人が立っている。

これらが意味することは「それぞれの家の今後を担う者達も知らなくてはいけないこと」が起こるという示唆だ。

ちなみに見知った顔がいる。メルタとレゥリだ。

メルタは俺のことを睨んでいるが、なにも言わない。さすがに場は弁えているようだ。

「それでは全員揃いましたので貴族会議を始めます」

宰相の隣に立っている男性が声を出す。今回の進行役だろう。

それから当主達の手元に紙が渡される。

そこに書かれている内容は読めないが、当主たちは全員「やはりか」という顔付きだった。

進行役が続けて口を開く。

「――ナーナフィス子爵家がアドマト公爵家に対して請求権を行使します。内容は領地および賠償金です」

それを聞いて一部の嫡子たちが驚く。

かくいう俺は「やはりな」というところだ。問題はあのナーナフィス子爵家が行使したことくらいだろうか。

レッリは気まずそうに顔を俯けている。

正義感の強い女子も家の事情には首を突っ込めないようだ。

進行役がアドマト家当主であり俺の父エイソに問う。

「これに対してなにか意見はありますか？」

「あります！　こんなものは偽造でしかないっ！」

父がバンっと机を叩く。

だが誰も威圧されていない。どの貴族も不思議な連帯感を持っているようだから、父エイソの反応は事前に予想できていたことなのだろう。

つまりこの貴族会議は仕組まれているわけだ。

オゾ伯爵が問いかける。

「偽造といえる根拠は？」

「アドマト公爵家の領地は代々うちが預かっていました。それは王国樹立以来、不変の事実です！　皆さんご存じのはずでしょう!?」

「それが不当だと言うのだろう。だから賠償金も請求されているのだ」

「しかし、初代の領地問題については契約が結ばれていますっ！　これについては明確で地図に記されているのですよ!?」

父が契約書と古い地図を取り出す。

以前に父が言っていた調べものとはこのことだろう。

ということは会議の前からナーナフィス子爵家が請求権を行使することは把握済みだったわけだ。

「それが偽造でない証拠は？」

「当時の国王の調印がありますっ！」

「……で、それが偽造でない証拠は？」

「はっ？」

オゾ伯爵の追及は止まらない。

父も思わず唖然としている。

下手をすれば国家の長を貶《おとし》める言動だが、それを咎める者はいない。

宰相はあくまで黙って見届けている。

今度はナーナフィス子爵が口を開いた。

「わ、わたくし共は……王国樹立以前から定住していた民草《たみくさ》の集まりです。しかし王国は力を持ち、我々を国に編入させました。それ自体はありがたいことです。文化や技術を導入し、他国の支配から逃れることができたのですから……」

そこで一区切りし、さらに続ける。その視線は鋭くエイソ公爵に向かれていた。

「しかし当時のアドマト公爵家が我らの正当な領地を奪い取った事実があります！　それを許すことはできませんっ！」

「そんな……！」

言われて父がしりごむ。

エイソは強く言われるのが苦手だ。性格が出ているな。

「そ、それならばナーナフィス子爵家の領民だった人々がいないとおかしな話だっ。しかし、隣接する地域の家系は全てアドマト公爵家……ひいてはテストリア王国の血筋であると確認できている！」

「それは追い出されたからだ！」

なんともちぐはぐな会話か。

父は建設的に話そうと努めているが、最初から相手側に別の狙いがあればこんなことにもなるだろう。

オゾ伯爵が手を叩いて二人の意識を釣った。

「これでは埒が明かないな」

「「……」」

「我々としても両者が平行線のまま争うのは困るのだよ。だから、どうかね。ここは簡単な決着を付けようではないか」

「簡単な決着……？」

父が問う。

それにオゾが頬を吊り上げて宰相を見た。

「――戦争」

「なっ!?」

驚いたのは父だった。

それ以外の貴族は……やはり平然としている。

ここまでオゾ伯爵の筋書きどおりというわけだ。

「……わかりました」

「しょ、正気か、ナーナフィス子爵!?」

「そちらが不当な支配を続けて我々に賠償しないのであれば、この手も止むなしです」

父が肩を落とした。

「王国内貴族同士で戦うなんてなにを考えているのだ……」

「おやおや、おかしな話ではないだろう。我々は国王から領地を預かる身なのだから、正当な権利と防衛は必要な処置だよ。そうでしょう？　宰相閣下」

オゾ伯爵が問い、静かに見守っていた宰相が頷いた。

「国王は動乱をいち早く鎮めるよう所望されている」

「そ、それはつまり。戦争を容認すると？」

「それも止むなしかと」

「バカな……っ！」

父が言葉を失う。

ふと見ると、メルタが「どうだ？」と言わんばかりに挑発的に笑って見せている。

そういえば「おまえの家がなくなっても許してやらない！」とかなんとか言っていたな。

あれはこういうことだったわけだ。

会話は二転三転としていくが、父は終始相手のペースに呑まれていた。

◆◆◆

屋敷に戻り、俺と父は相対していた。

父は弱った様子で椅子に腰かけ、俺は立ったまま話を聞いている。

「すまない……まさかこんなことになるとは」

「俺に謝る必要はありません。父上の方こそ困難な決断を迫られていますから」

結局戦争は確定した。

宰相は口を挟まず、父以外のほとんどの貴族は戦争に同意した。

「まさかここまでヒドいとは……民草の生死など気にしていないのか……」

表面的にはアドマト公爵家とナーナフィス子爵家の一騎打ちになっている。

だが、ここまで下準備されている事態なのだから、当然そんな簡単な道筋になっているはずがない。

少なくとも戦力差はナーナフィス子爵家が上回るだろう。

「父上。マモン会長の暗殺は彼らが手引きしたものでしょう」

「……」

「請求権の偽造、あの場を設けた理由。考えれば明らかです。ナーナフィス子爵家は最初から戦争の用意を済ましていたのではないですか？」

「ああ……そうだな」

ため息が出てこないだけで、父の口は緩んで締まりがない。それだけ疲弊しているのだ。

しかし、それでは困る。

「どうしますか？」

「どうするとは……」

「この戦争は勝てますか？」

問いかけられて、父が俺の目を捉える。

それは俺の父に対する不信を罰する叱咤《しった》などではない。俺の顔色を窺った目だ。

まだ俺に対して後ろめたさを感じているようだ。

「わからない……。南部で味方をしてくれる家はないかもしれない……それでも公爵家には多くの戦力があるが……」

父が顔を手で覆い、俯いた。

それから父の口から弱音がぽろぽろと出てくる。

「すまない。おまえには妻から受け継いだ領地を全て相続させるつもりだったのだ。まさかこんなことになるとは……」

「――南部以外の家はどうです？」

「え？」

父が泣きそうに潤んだ瞳を俺に向ける。

まさか俺から援護の言葉があるとは思っていなかったのだろう。罵倒や批判をされても仕方ないと考えていたはずだ。

だが俺がそんな非生産的なことをするわけがない。

改めて問いかける。これから進むべき一歩のために。

「南部以外の家です。どうです？　どこか助けてくれそうなところはありませんか？」

父が顎に手を当てて考え、絞り出す。

「……縁故《えんこ》の家がある」

「それはどこです？」

「北部のログテイラル伯爵家だ。幾度となく帝国の侵攻を防いだ猛将だ」

「なるほど。テストリア王国屈指の武門ですね。そこがオゾ伯爵に味方する可能性はありますか？」

「い、いや、ないはずだ」

「根拠は？」

「……っ」

俺に聞かれて父がやや怯む。

あの貴族会議の一件以降、ちょっと深く突っ込まれると息を呑んでしまうようだ。

できるだけ柔和な顔にして、再び問いかける。

「父上、大丈夫です。俺もログテイラルが味方に付けばこれ以上頼もしいことはないと思っています。だから敵になればこれ以上に怖い存在はいません。そのためにログテイラル家が裏切らない安心が欲しいのです」

「そ、そうか。そうだな……。えっと。今のログテイラル伯爵は曲がったことが嫌いだ。今回の請求についてもちゃんと中立な目を持ってくれるはずだから大丈夫だ。……おそらく」

父の不安が伝わる。

おそらく、か。

もしかすると『ナーナフィス子爵の請求が偽造である』という考えが揺らいでいるのかもしれない。

本来ならありえないことだが、極度の不安の中で繰り返し言い聞かされることで自分を疑ってしまうことがある。あの貴族会議の場はそう感じさせるだけの空間だった。

「味方になりそうな家はあるわけですね。しかも名を聞けば弱小貴族は震えあがるほどの家だ。それで父上はどうしたいですか？」

「も、もちろん、援軍を呼ぶ……」

「失礼しました。俺が聞きたかったのは前提の話です」

「前提？」

「この戦争を受けますか？　まだ間に合いますよ」

『上』の存在する戦争には取り決めがある。

たとえば今回でいえば一週間以上の猶予をアドマト公爵家とナーナフィス子爵家に与えられた。

もちろん裏では工作や準備が張り巡らされており、テストリア王国としても他国への牽制《けんせい》が含まれている。

ちょっと内紛するけど攻めてくるなよ、とか。あるいは攻めてくるかもしれないから騎士団動かして見張らせるよ、とか。どちらにせよ国家としては弱体化するのだからその程度の準備は必要になる。

そのための慌ただしい一週間だ。

そしてその時間でアドマト公爵家も様々なことができる。改めて考え直したということで領地と賠償金を差し出す不戦敗も可能だろう。俺はそのことを言っていた。

父の目が揺らぐ。

「い、いいのか？　もしかすると降格になるかもしれないのだぞ……おまえの受け継ぐ領地だって減る。財産も減るんだ」

「負け戦よりはマシでしょう。負ければ他の家が漁夫の利を得ようとしてくるかもしれない。それに相手側の出費も負担しなければいけなくなりますから」

「それは……そうだが。もう騎士らに戦争の用意をするよう伝えてあって……いや、そうだな。それでもまだ退けるが……」

なかなか父の決心は定まらないようだ。

それだけの難問なのはたしかで、父も決めあぐねていたことだ。

不意に。

父が俺を見る。

「フェゼはどうしたいんだ？」

その目はたしかに確固たる意志を持っていた。

なんだか初めて父のまともな顔を見た気がした。

「俺が言ってもいいのですか？」

「もちろんだ。おまえは嫡子なのだから」

端的に。

シンプルに。

父の欲する言葉でなくとも。

「戦争をしましょう」

「……！」

「負けるのは大嫌いです。より正しく言うのなら、勝てないのが嫌いです。挑むなら勝つ。挑まれたのなら勝つ。俺はそれを望みます」

「死ぬかもしれないんだぞ……？」

それは承知の事実だ。

戦争になれば当事者の首に莫大な利益を見出《みいだ》すもの。

父の首ならば騎士に取り立てられるくらいの褒賞は出るだろう。

むろん後継者の俺の首も高い値が付く。

「ええ、ですから戦争なんてしないに越したことはありません。ですが搾り取られていくだけなら死ぬも同義でしょう」

「そうだな……」

「……」

父が手を組んで頭を押し当てる。

横顔に汗が滲んでいるのが見えた。

ここで決断を急《せ》いても惑わせることになる。

ただ父の言葉を待つ。

この人がやる気にならなければ、俺がひとりでいきり立っても意味がない。

「――わかった。やろう」

熟慮の末に、父は決断した。

「では支度をしなければいけませんね」

「いや、フェゼは……」

留《とど》まって欲しい。

なんて言うのだろう。

それは実際のところ正しい判断だ。

当主と後継者が全滅なんてことになれば、血筋と名跡は終わる。

それこそオゾ伯爵の最も狙うところだろう。父や俺がいなくなれば領地も金も利権も丸ごと奪い取れるかもしれないのだから。

だが、ここで父の話を聞いてやるわけにはいかない。

「父上。アドマト家のことは俺にも背負わせてください」

「フェ、フェゼ……」

「勝ちましょう」

「頼もしいな……頼もしいよ。頼もしすぎるくらいだ……」

父が自嘲気味に笑う。

それは自らの不甲斐《ふがい》なさを笑ったものか、あるいは。

ほどなくして俺と父は王都から離れて公爵領に戻った。

◆◆◆

戦争が始まることで必要になるものは多い。戦力の要である人材や武器、情報など。

その中でも経済は寄与する部分が非常に大きい。

アドマト公爵領最大の商会も例外ではなかった。

彼らは選択に迫られている。

マモン商会の元第一区分が使用していた本館にて、それぞれの区分の長達が集結していた。

取り仕切るのは第二区分の長にして、現在会長代行を務めるヘプア・マモンだった。

「まず我々は利益の七割強をアドマト公爵領で得ています。そして今回、ナーナフィス子爵家が請求した領地は北西のコートル街《がい》から中央のアドマト街都《がいと》と膨大な範囲にわたります」

「交渉では過大な取り分を主張しておけば、真に欲する自らの分以上を取りえる……というがな、それではアドマト公爵領の半分ほどではないか」

茶髪の男性が眉尻を下げる。第三区分の長ロフィネスだった。

第三区分は第一、第二区分よりも格下という扱いだが、輸送ルートの確保でマモン商会に並ぶものはない。輸送ルートは商業をする上で大事なインフラだ。彼の一声は国の経済活動を止めること

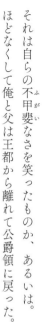

ができる影響力を持つ。

ヘプアはロフィネスの言葉に頷く。

「各自で情報は得ていると思いますが、今回の戦争はかなりきな臭いものになっています。オゾ伯爵を含め、複数の貴族が動きを見せています」

「つまりアドマト家が負けると？」

「ええ。そして負ければマモン商会は終わると言っていい。ナーナフィス子爵家やオゾ伯爵家にはそれぞれ贔屓《ひいき》にしている商会があります」

マモン商会は強大だが、会長という漕《こ》ぎ手を失った船でもある。苦難の局面において「どこの家が支配しようとも関係ない」と言えるほどの楽観視はできなかった。

他区分の人間が手をあげる。

「万が一の事態が起きても懐柔してくるのではないか？　マモン商会を潰せば混乱は避けられないはずだ」

「その場合も生かさず殺さず搾り取られるだけでしょう。その後に待っているのは繁栄よりも衰退の方でしょう。請求内容的に、この戦争が終わってもアドマト家は残るはずですから、我々の立ち位置は危ういものになります」

ヘプアは淡々と語る。

彼女の言を明確に否定する者はいない。あくまでも可能性の話であれば、ヘプアの思考力に安易な茶々を入れる方が難しいというものだった。

ヘプアがさらに続ける。

「そこで私は隣国のピロクイラ共和教国《きょうわきょうこく》に本拠地を移そうと考えています。大部分の資金を先んじてかの国に送れば戦争までには撤退が可能でしょう」

「ピロクイラか。治安はいいらしいが、税金は高いと聞くぞ」

ロフィネスが苦言を呈する。

しかしヘプアは予想済みとばかりに淀《よど》みなく答えた。

「治安がいいということは、輸送における護衛の費用を減らすことができます。また税金は高いですが民主による共和制のため、貴族に賄賂《わいろ》を渡す必要もありません。必ずしもないとは言い切れませんが」

「そうか、賄賂か。この領地で商売を始めてから久しく忘れていたな」

アドマト公爵領で、マモン商会が賄賂に悩む心配はなかった。

しかし他の貴族の領地になれば話が変わるだろう。

そのことを完全に失念していたことにロフィネスは苦笑いを浮かべた。


「――少し、いいですか?」


空気がピタリと止む。

言葉を発したのはネイ・マモンだった。第十区分ではあるが、その勢いは目を見張るものがあり、第五区分以下の者達は下手に逆らえないほどだ。

仮面の奥底の表情は誰にも読めない。

「……なにか？」

ヘプアが注意深くネイを見た。

「アドマト公爵が負ける前提で話が進んでいますが、勝てる可能性についても考えるべきではないでしょうか」

「むろん勝敗はどちらに転ぶか神のみぞ知るものです。ですが我々は当事者として勝敗をボヤけさせたまま見守るわけにはいきません。今回はアドマト公爵の負けであると私は考えています」

「マモン商会はアドマト公爵家によって引き立てられました。こういう時にお味方してこそ恩返しになるはずです」

「……たしかにマモン商会はアドマト家によって引き立てられました。それにあなたが嫡子のフェゼ氏と莫大な取引をしたことは把握しています」

ヘプアが冷淡な口調で続ける。

「ですが、それとこれを混同してはいけません。アドマト家に全てを賭けるようなマネをして潰れたら元も子もありません。マモン商会は一万を超す人間を雇っています。大商会なのです。あなたは彼らに責任を取れますか？」

「マモン商会がなくとも人はやっていけるでしょう。それにアドマト家に全てを賭ける必要はありません。ただ必要な分だけでも届けるべきです！」

「あなたは……っ！　もしもアドマト家が負ければ、味方した我々も睨まれて危険に晒されるんですよ⁉　商会でも多大な損失が出ますっ！」

ネイとヘプアが声を荒らげる。

互いの主張に他の区分は口を挟めない様子だった。

「そうやって勘定をするべき場面ですか⁉　前会長が殺されたのですよっ！　ここはアドマト公爵に味方をしてオゾ伯爵の首を狙うべきではありませんか⁉」

「まだ首謀者は判明していません！　不用意な発言は控えてください！」

「そんなっ。明らかでしょう⁉　ここで会長の意思を引き継ぐべきです！」

「会長の意思を引き継ぐのなら、商会を残す選択をするべきでしょう⁉　あなたの意見はマモン商会そのものを危険に晒す行為ですっ！」

「では父の仇を取らなくともよいのですか！」

「それは論理の錯綜《さくそう》です！　感情でものを語らないでください！」

「いいえ、感情で語ります！　我々商人が相手をしているものは数字ではありません！　物でもありません！　人のはずですっ！　人には感情が付きまといます！　今回のナーナフィス子爵家の宣戦以来、会長暗殺の話は世間でも評判になっています！」

ネイが続ける。

「贔屓にしてもらっていたアドマト公爵家に味方せず、さらに会長の仇を取らなければ我々マモン商会の信頼は失墜します！　断言してもいい！　どんな選択をしても、この戦争に負ければどの道マモン商会の末路は同じですっ！」

「……っ、その信頼もマモン商会がなければ……！」

ヘプアが反論しようとして、第三区分の長ロフィネスが手で制止した。

「もういいでしょう。これ以上は信条の違いだ。どちらの意見にも筋道がある。ここらで採決をとりませんか、代行」

「採決？　なんのですか」

「この戦いに参戦するか、否か。つまりヘプアさんの意見に賛同するか、ネイさんの意見に賛同するか」

ヘプアは言いたい言葉を呑み込んで、それから深く息を吸って吐いた。

彼女はあくまでも会長代行という役割を忠実にまっとうしようとしていた。

「では、どちらに従うか。わかりやすいように、私ヘプアに賛同する人は右手をあげて人差し指を立ててください。ネイに従う人は左手をあげてください」


その結果は。


およそ半分程度に分かれていた。

第三区分の長ロフィネスは左手をあげていた。

「俺はアドマト公爵家に味方する。……というよりは人情に味方したい。さすがにネイさんの言葉には胸を打たれたよ。

俺には子供がいるってみんな知ってるだろうが、あいつにはずっと『人との繋がりを大事にしなさい』って教えてんだ。それはマモン会長からの受け売りでよ。俺は地方の農民からマモン会長にここまで上げてもらったんだ。人間同士の繋がりに生かされたんだ。だからそれを今さら捨てる気にはなれないんだよ」

その言葉に笑みを浮かべる区分長は少なくなかった。

ネイの知らない父の姿だった。

ヘプアはため息をつく。

「わかりました。会長代行として、一部の区分にはアドマト公爵家への援助を許可します」

「ありがとうございますっ！」

ネイが真っ先に礼を述べる。

それから今後の方針が決定されていく。


会議は長くなり、日中に始まったものが日没まで続けられていた。

最後まで部屋に残ったのはヘプアとネイだった。

「お疲れさまでした、会長代行」

「ええ。お疲れさま。まさかネイがここまで来るとはね」

ヘプアが肩を竦める。商会内に彼女のライバルはいないはずだった。マモン会長が年齢を理由に退いた後はヘプアが引き継ぐものとばかり思っていた。

しかしマモン会長は暗殺されて、ネイがいきなり台頭してきた。

ヘプアにとって予想外の状況は不慣れであり、多少の疲労を生み出している。

ネイが不思議そうな顔で問う。

「姉さん、どうして自分を支持する人には『右手をあげて人差し指を立てる』なんて面倒なことをさせたんですか」

「それなら『私を支持する人は手をあげる』とかの方がわかりやすかったんじゃ……」

「席がバラバラだからわかりやすいようにしたのよ」

「……」

ネイの指摘に、ヘプアはなにも答えない。

ただ少しだけ表情が強張った。

「姉さんも本当は会長を……」

「――頑張りなさい、ネイ」

「えっ」

咄嗟にかけられた言葉にネイは戸惑う。

ヘプアは穏やかな声色だった。

「あなたがアドマト公爵家に賭けたように、私はあなたに賭けたの。最悪の状況でもマモン商会は存続させるから、思いっきり頑張ってきなさい」

ヘプアはハッキリとネイに賭けたことを明言した。それはネイを認めたことに他ならない。

ネイは胸が温かくなっていることを感じ、やはり穏やかな声色で返事をした。

「はい、必ずフェゼ様のお役に立ってみせます」

「……そ、そう」

ヘプアはあくまでもマモン商会について語ったのだが。なんだかネイとの方向性に齟齬《そご》を感じつつも、今は目を瞑《つぶ》るのだった。

◆◆◆

屋敷の一角で俺と父エイソはとある人物を出迎えていた。

「敵は既に侵攻しており、このアドマト街都にまで到達せんばかりの勢いだ。わしは遅れてしまったようだな」

綺麗に生えそろった白髪に、顔や身体に幾重もの傷跡がある。ウルトル・ログテイラル伯爵だ。

厳格そうな面持ちで父に握手を求めている。父はそれを両手でありがたそうに受ける。

「いえ、ログテイラル伯爵に来ていただけるとは……なんとお礼の言葉を尽くせばいいのか……」

「礼は勝ってからにしてもらおう。北部から南部まで渡ったのだ。兵は疲弊している上に、数は二千ほどしか連れてくることができなかった」

「なにを仰《おっしゃ》いますか。ログテイラル伯爵の兵が来たとなれば、敵も震えあがっていることでしょう」

　不意にログテイラル伯爵がこちらを向いた。

「おまえも戦場に立つのか？」

「はい。足手まといにならないよう奮励努力するつもりです」

「……ふむ。よいのか？　エイソ」

「はい。フェゼの覚悟は受け取っています」

「そうか」

　父の意見を確認すると、ログテイラル伯爵はそれ以上なにも言わなかった。彼レベルになると自分の戦いにだけ注視すればいいのだろう。つまり俺はなにも期待されていないわけだ。

　それから父がテーブルに地図を開く。

「作戦について話しま……」

「三方面でいく」

　父の言葉をぶった切って、ログテイラル伯爵が地図を指さす。

「さ、三方面ですか？」

　父は戸惑いながら首を傾げた。

　どうやらログテイラル伯爵の意見を聞き入れる様子だ。

「ああ。この森林地帯はお主の子息に指揮させてくれ。とはいえ実際の権限はうちの騎士に任せてもらいたい」

いきなり俺を傀儡《かいらい》に指定してきた。

まぁ俺としてはちょうどいいのだけど。

それからログテイラル伯爵は街都を指さす。

「エイソにはここで待機してもらう。万が一にでも突破された際に防衛を担ってもらう。なにより首級を渡してはいけないからな」

「ふ、ふむ……では、この平原はどうしますか？」

「ここはわしとログテイラルの兵に任せてもらおう」

「よろしいのですか？　ここは見晴らしもよく、広いです。多数に囲まれれば一巻の終わりでは……？」

「むろんアドマト家が用意した兵も借りる。それでも数は劣るが、だからといってナーナフィスの小僧が攻めてくれば返り討ちにしてやろう」

父は悩む素振りをして、俺に確認を求めてきた。

「フェゼはそれでいいかい？」

「ええ。ログテイラル伯爵にお任せします」

――この戦場は。

ログテイラル伯爵は一任されたことで俺達をバカにしたりとか、あるいは調子に乗ったりとかはしない。

ただいつもどおりの職務を全うするように、淡々としていた。

「それでは、この三方面で迎え撃つ」

決して否定を許さない重々しい声でログテイラル伯爵が宣言した。

父と俺はそれに従うだけだ。

第7章　戦争の終着点

◆◆◆「戦場視点1」

森林地帯の戦場はフェゼが預かることになった。

陣営には無数の天幕が用いられている。

その中でも土を盛り上げて作った一段高い天幕には黒髪の少年とログテイラル直参の騎士エディがいた。

エディは長身痩躯《そうく》の男性であり、歴戦を思わせる雰囲気がある。

「では改めて作戦をお伝えします」

「はっ、はい！」

黒髪の少年は緊張から肩を上げながら元気に返事をする。

ガチガチに固まった様子を見てエディは失望に目を細めるが、最初からそこまで期待を持っていなかったことからすぐに気を取り直した。

「我々の役割は遅滞《ちたい》戦術です。森林地帯を大軍で攻めるのは困難であり、状況によっては各個撃破も可能になります」

「な、なるほど……」

「しかし仮に相手が平原に全戦力を向ければそちらの増援に向かいます」

「おー……なら、森と原っぱに攻めてきたら？」

「その場合もこちらは遅滞戦で十分です」

「わ、わかりやすい！」

「ええ。戦略の基本はシンプルですから、フェゼ様」

「………。あ、はい！」

名前を呼ばれて、黒髪の少年は少しだけ間を置いた。

フェゼ——という名前の人物は実際には天幕にいなかった。

黒髪の少年はスライムのペマが化けた姿だ。そのことをエディは見破れていない。

そもそも付き合いがないために元のフェゼを知らないこともあるが、それだけ精巧に——見た目だけは——変身していた。

天幕が開かれる。入ってきたのは兵士だ。

「伝令です！　ナーナフィス子爵の兵がこちらに向けて進軍中とのことですっ！」

「数は？」

「ハッキリとはしませんが、おそらく全軍かと……！」

「では予定どおりに進めてください」

「はっ！」

エディは動揺も見せずに淡々と命じる。

しかしペマは本能からなにかざわめくものを感じたのか、ぷるぷると震え始めた。

「だ、大丈夫だよな……？」

「ご安心ください。フェゼ様は余計なことをなさらず、ただ見守っていればよいですから。なにかあれば街都まで私が護衛いたします」

「そ、そうか！　たのんだ！」

「ええ。お任せを」

エディは安心させるために笑みを浮かべた。

だが、内心では苛立っている。

（まったく、ログテイラル伯爵もお人が悪い。この俺にお守をさせるとはな。しかも戦場だというのに覚悟ひとつ決まっていないような子供とは……）

ログテイラル伯爵の兵士は屈強であるが、叩き上げの荒々しい人間が多い。

今回の戦線では無用な戦死者を出さないために特に経験豊富な面々が集められており、エディもそのひとりである。

そのため比較的にお守が得意な人間は今回の戦線に含まれておらず、消去法で『まだ怒りが堪えられる』エディが務めることになった。

とはいえログテイラル伯爵の知っているフェゼと、今のフェゼだと思われている生物はまったくの別物であり、そこは計算外のことが起こっていた。

――そして計算外のことは他にも発生していた。

爆音と熱風が天幕を走った。

エディがイヤな予感を覚えて外に駆ける。

その頃には既に遅かった。

「なっ、どういうことだ⁉」

森林は燃えていた。

ナーナフィス子爵家の兵隊は眼前まで迫っている。

「えっ？　え？　大丈夫なの？」

「ど、どうして南部ごときに戦術級の大規模魔法が……！」

ペマの言葉はエディの耳に届いていない。

それだけ差し迫った事態だった。

しかし、エディは瞬時に切り替える。

「フェゼ様、一度退きますっ！」

「おぇ⁉　やばいの⁉」

「やばいに決まってるだろうが！　ナーナフィス子爵家のやつら、とんでもない隠し玉を持ってやがった！　もはや国同士の戦争だ、こんなの！」

エディはさすがに堪えきれなくなり、怒りのままに口調を荒らげる。

ペマが後ろを指さす。

「お、おい！　後ろ！」

天幕に暴風が巻き起こる。

それは大波のような炎が到達する前兆だった。

「ちくしょうがぁっ‼」

エディは咄嗟に風の魔法で相殺を試みる。

しかし全てを防ぐことはできずに天幕が焼け焦げる。

——大規模な陣営に一筋の焦土が出来上がる。

遅滞戦術のために用意していた兵がごっそりと奪われていた。

「お、おい、大丈夫か⁉」

「く、そ……」

ペマは無事だった。

だがエディは火傷を負っており、途絶えかけの息をしながら地面に身体を投げている。

「——お？　これはビンゴだな。アドマト家の二番首じゃないか」

人影がエディとペマを見下ろす。

敵意ある声にエディが立ち上がろうとするが、その足は震えて膝を突いてしまう。

「だ、だれだ、おまえ……」

「さてね？」

人影は挑発するように首を傾げる。

冷たい印象を覚える仮面を着けており、その素顔は明かされない。声から男だと察することはできるが、それ以上の情報はない。

人影はそのままエディに手を伸ばして――ペマが前に出た。

「や、やめろ！」

「フェ、フェゼさま……やめろ………にげろ……っ」

「ははっ、厚い友情だね。俺も嫌いじゃないんだけどさ、ここは戦場だ――ふたりとも死んでくれ」

男の手に火が集まる。

エディが力を振り絞ってペマを押しのけようとして――。


「おらぁぁぁっ!!」


怒号と共に鋭い剣先が通過する。

仮面の男は身軽に避けたが、無事というわけではなかった。

「間に合ったみたいだな」

「ちょっと、テーゼ！　どいてよ！　早く治療しないといけないんだから！」

場に顔を出したのは『白来』のメンバーだった。

それだけではない。数にして千を超す援軍が横から参戦していた。人数は多くないが、森林地帯から抜け出たナーナフィス子爵の兵士を圧倒している。

彼らはログテイラル伯爵の軍勢ではない。ここまで早く到達できない。

「どう……なってんだ……」

エディの目から見ても援軍の強さは異質だった。

しかも『白来』パーティーは有名であり、エディも知っている。

「静かに！　ひどい火傷だよ！」

「お、おまえ達は……どうして……？」

「フェゼさんから頼まれたのよ！　それよりもゆっくり休んで！」

「フェ……ゼ……」

エディは薄まる視界の中でフェゼを捉えながら、意識が途絶えた。可憐な少女はエディの治療を始める。

テーゼは仮面の男に向き合っていた。

「よお。見たことあるよ、あんたの顔」

「へぇ。白来のテーゼに知ってもらえているなんて光栄だな」

男の仮面は剥がれている。

テーゼの一撃を完全に避けきることはできていなかった。

「いやいや、ご謙遜《けんそん》を。知名度でいえばそちらの方が有名だろ。ハイム峡谷の英雄……いいや――

ピロクイラ共和教国の序列七位聖騎士ホエズさんよ」

仮面から出てきたのは、明るい茶髪に爽やかな顔つきをした男だった。

声色に似合う柔らかい笑みを浮かべている。

「ふむ、困ったな。顔を出さないように言われているんだけど」

「そりゃそうだろうな。こっちも人手を集めて国境を越えるのに苦労したんだ。そんぐらい他国への干渉は敏感になってるはずなんだがな。俺達みたいなフリーならまだしも、まさか他国の騎士が直接出向くなんてこと、あっちゃいけねえよな？」

「そうだね。まったくそのとおりだ。これでは戦争の火種になる」

「ならどうするよ？　ここで無理やりにでも息の根を止めてみるか？」

言いながらテーゼが構える。

既に戦闘をする準備は整っていた。

だがホエズは降参するように両手をあげた。

「いや、やめておこう。このままでは引き連れてきた聖騎士団まで危うい。彼らの戦術級魔法はうちでも貴重だからね」

「その魔法ほとんどおまえが起因だろ」

不意打ちを警戒して、テーゼの視線はピクリとも揺れない。

ホエズが肩を竦める。

「安心しなよ。俺達は本当に撤退する。ついでに土産話を聞きたいんだが、貴族嫌いで有名なおまえ達がどうして参戦した？」

「友達《だち》の依頼を受けただけだ。貴族の依頼は受けちゃいねえよ」

「ははっ、おもしろ」

口を三日月の形にして軽快な声を出しているが、ホエズの目は笑っていなかった。

テーゼの警戒を他所《よそ》にして、ホエズは踵《きびす》を返す。

さすがに相手が悪いと感じているのはテーゼも同じで、退き始めたホエズら聖騎士団の後ろ姿を見守るだけだった。

◆◆◆「戦場視点2」

ナーナフィス子爵は馬に乗りながら駆けている。

燃える森林を抜けて最前線に出るためだ。

周囲にはナーナフィス領の兵士がいる。

（ここで負けるわけにはいかないんだ……っ！）

ナーナフィス領はテストリア王国が樹立する以前から、ナーナフィスの民が住まっていた。

それぞれ故郷愛が強く、困窮しても助け合っていた。

しかし、それも限度が来ている。

老朽化した家を建て直すこともできず、ナーナフィス子爵も資産を切り詰めながら民を支えていた。

差別や迫害があるわけじゃない。

自助で完結しようと交通網の軽視があった。他領地の商品は隣人の商品に比べて不信感があり滅多に手を出さない。かといって勝手がわからないから自分達の商品を売りに出すこともない。領地の商会は独自の体系から保守的になって動こうとしない。

経済的に遅れてしまったところをあげればキリがなかった。

だからナーナフィス子爵はなんとか打開しようと、オゾ伯爵と手を組んだ。全ては領民が食べていくために。

(――どうしてっ)

ナーナフィス子爵の目が眩む。

肺を焼く高温の薄い空気が原因か。

最近ずっと眠れていないのが原因か。それとも頭が目の前の光景を拒んでいるのか。

「逃げましょうよ、ケセラさん！」

「そうだよ！　絶対に勝てるっていうからこの依頼受けたのに全然ダメじゃん！」

「な、なんでトップギルドがここにいるんだよ！！？？」

兵士や傭兵、ギルドの者達が最前線から撤退を始めている。

オゾ伯爵が用意した督戦隊が後ろから刺そうとしても、焼け焦げた森林は巨大な道を作っているが、燃え盛っている端の部分を通られれば全てを押し返すことはできない。

戦況は混乱している。

突如として乱入してきた援軍の突破力も尋常ではない。

それでもナーナフィス子爵は奮い立っている。

未だに数の有利が保たれているからだ。

「聞け！　足場の悪い森林地帯はもう抜ける！　さらに敵の陣地は大規模魔法で焦土と化した！

後は我々より少ない敵を斬り倒すだけだ!!　指揮官級の首には事前に通達した倍以上の褒賞を出すぞッ！！！」

ナーナフィス子爵が高らかに吠える。

その一瞬の声はどこまでも広く響き渡った。

だが。

――突風。

ナーナフィス子爵の側面から突風が吹き荒れる。

さらに水滴が頬を濡《ぬ》らした。

(早すぎるだろ……？)

周囲の温度が急激に低下した。

冷ややかな水属性の魔法が激流となって森林地帯を呑み込んだ。

この日、二度目の戦術級魔法が放たれた。今度はログテイラル伯爵の援軍によって。

戦況は決した。

ナーナフィス子爵の大敗であった。

◆◆◆

戦争が終わったようで、俺は屋敷に戻っていた。

広い庭園が見える玄関先で出迎えてくれたのは意外な人物だった。

「ようやくのご帰還かよ」

『白来』のテーゼだ。

彼は貴族嫌いとして有名なので、まさか公爵家の屋敷に滞在しているとは思わなかった。

おそらくペマを護衛してくれていたのだろう。

「こちらの戦場が決着する前に戻るつもりでしたが、まさか一日で終わってしまうとは思いませんでした」

「ログテイラルが一気に持っていっていたからな」

「それもありますが、なによりもテーゼさん達が来てくれたおかげですよ」

俺が言うとテーゼは自分の首に手をやった。

表情筋は動いていないが、これでも褒められて照れているようだ。

「俺らは依頼された分をやっただけだ。それに――他国で活動しているやつらを含めてフェゼの私兵を集めたがほとんど来なかったぞ」

「彼らには別の仕事があります。ネイに委託している貿易の警護やアイテムの回収、諸々《もろもろ》の諜報《ちょうほう》も必要ですから」

それにただ動かないのも仕事の範疇《はんちゅう》だ。

「余裕だな。まあたしかに、動けるやつだけ動かせば十分だったからな。……この戦争に勝つのは当然って感じか？」

「まさか。皆さんの頑張りのおかげです」

あまり俺の言葉を真剣に受け止めてくれていないようだ。

テーゼは口を尖らせて目を細める。

しかし文句は言わないところがプロだな。

「それでフェゼはなにをしていたんだ？　殺されるのが怖くてぷるぷる震えていたわけじゃないだろ？」

「いいえ、そのとおりです。見つからない場所で震えていました」

「冗談はよせ。おまえとは何度も一緒に戦ったから実力は知ってんだ。底は見たこともないが、あんな戦場くらいおまえひとりだってなんとかできたんじゃないのか」

「本当ですって。ちょっと小便ちびっちゃいましたもん。恥ずかしいから誰にも言わないでくださいよ？」

さすがに壁を感じたようで、テーゼはそれ以上の追及をしてこない。

それから俺の横を通りすぎた。

「まあいいさ。俺の仕事は終わったから帰らせてもらう」

「この後は終戦会議がありますよ。後始末は貴族会議でやるでしょうが、事前の打ち合わせで父やログティラル伯爵が同席するはずです。テーゼさんも来ませんか？」

「ふざけんなっての。出ねーよ」

テーゼがぶっきらぼうに断る。

やはり貴族とは同じ空気を吸いたくないようだ。

しかし、もったいないな。

この会議――打ち合わせ――では本決定こそしないものの、褒賞などに口を出せる。

つまり名誉、財産、地位などを働き以上に得られる可能性があるわけだ。簡易的でも論功行賞のようなものになる。聞く人次第では涎《よだれ》を垂らしながら参加を乞うだろう。

「では俺から適当に依頼料を上乗せしておきます」

テーゼがピタリと歩みを止める。

顔は見えないが、背中はなんだか寂しさと怒りを物語っていた。

「……人を殺した分だけ金をもらうってのはな」

「戦いが仕事では？」

「傭兵ってわけじゃない」

それもそうだな。

冒険者も複雑な仕事だ。

「ちなみに内訳を教えてあげます。テーゼさん達の活躍があったから負傷者が少なくて済みました。

あなたがいたから早期撤退をした敵もいると聞いています。今後は復興も含めて人材は多いに越したことがありません。ですから上乗せしたんですよ」

情報は事前に聞いている。

やはりテーゼは褒賞を受け取るべき人間だ。

テーゼほどの者からすれば「今さら金なんて」と思うかもしれないだろう。だが、たとえ不要だと言われても価値あるものを渡すことは他者への示しにもなる。

活躍した者に対してやらなければいけない、上の人間としての義務だ。

「そうかい。なら他のやつらにもちゃんと出してやれよ」

テーゼから放たれる不満そうな気配は消えた。

「ええ、もちろん」

「またな」

「ありがとうございました」

テーゼを見送り、俺は屋敷に入った。

◆◆◆

貴族会議よりも先にアドマト家で打ち合わせが行われた。戦勝した家の特権だ。

とはいえ目立った活躍をした者同士が喧嘩を始められては困るので、大概はひとりずつ報告を聞いて退出させる。

実際にずっと部屋にいるのは父のエイソと俺、そしてログテイラル伯爵だ。

「これで一とおりは終わりましたかね？」

エイソが問う。

「ああ。即終結した戦いだ。必然的に戦功は限られてくる」

「全て伯爵がお味方してくれたおかげです。ありがたいことです」

「こちらは何もしていない。戦場に駆け付けた頃にはほとんど終わっていた」

エイソの言葉にログテイラル伯爵は同調しなかった。

それどころか訝《いぶか》しむような眼差《まなざ》しで俺の方を見ながら、言葉を続ける。

「わしが派遣した騎士はなにもできなかったと言っていた。嫡子よ、此度《こたび》の戦ではどのような手を使った？」

「俺はなにもしていません。ただ父上とログテイラル伯爵のように、ご縁があった人々に助けられただけです」

伯爵が俺の言葉を咀嚼《そしゃく》する。

どうやら深い憶測でも立てているようで強い疑心が生まれたようだが、事実そうなのだから仕方ない。

「……私はもう帰るとしよう。後日の貴族会議には代理を送る」

ログテイラル伯爵が立ち上がった。

本人はあまり戦後処理には興味がない様子だ。

そもそも南部と北部では領地が遠いこともあるからだろう。

「わかりました。今回は助けていただき、感謝の念に堪えません」

「またなにかあれば頼るといい」

「はい。もしも今後なにかアドマト家にできることがあれば仰ってください」

エイソも立ち上がって深々と頭を下げた。

俺もそれに倣って膝を伸ばそうとしたが、その前に伯爵が俺を見た。

「嫡子よ、名前はたしかフェゼ・アドマトといったか」

「ええ、そうです」

「そうか。それでは達者でな、アドマト公爵とフェゼよ」

騎士に囲われながらログテイラル伯爵が屋敷から離れる。

初めて伯爵に名前を呼ばれたな。これはテストリア王国でも名だたる猛者に認められたということだろうか。

そこまで目立った活躍は記憶にないのだが、ふむ。……もしかするとログテイラル伯爵はなにか聞いたのかもしれないな。

それから父と俺の二人だけの空間になった。

「フェゼ、ご苦労だったね」

「いえ、父上の方こそ。この苦境を乗り越えた手腕お見事でした」

「そうでもないさ。実はここからが大変だったりするんだ。戦争に勝ったとはいえ、オゾ伯爵達が残っているわけだからね。今後の貴族会議でどうなるか……」

父の目が下を向く。

同時にお腹も丸まっている。

胃が痛いのか、あるいは自信がないのか。

そんな父にどんな言葉をかければいいのだろうか。

「……そうですね」

言葉が浮かばなかったので、適当な相槌《あいづち》を打っておいた。

また戦争が起こるだろうか。

オゾ伯爵らに追及されて、正当性の欠片《かけら》もない請求権を提示されるだろうか。

いいや、そんなことはありえない。

久しぶりに持った『魔封じ』の魔法具をポケットに感じながら、しかし、そんなことを父に伝えるわけにもいけない。

もうオゾ伯爵による権力の濫用は起こらない。そんな確信を持つに至ったあれは戦争が始まる前のことだ――。

◆◆◆

「オゾ伯爵視点1」

息子のメルタに言い聞かせていることがある。

力こそ全てだ。

それを悟ったのは私が伯爵になる前のことだ。

ある日、父は私を連れ立って小国の王と接見した。

テストリア王国にも王がいるので、散々言い聞かされていた。

『国王』というものは偉大なのだ、ということを。

だが小国の王は威張ることをせず、あまつさえ父に遜《へりくだ》っていた。格下のはずの伯爵位の父に。

テストリア王国の南部に位置する貴族は基本的に強くない。隣国は平和を重んじており、敵対種族もいない。軍事力よりも経済や農業を重視している。

それなのにその国は南部の貴族よりも脆弱《ぜいじゃく》であり、なにより貧していた。

王とはなにか。

私がただなにかを崇拝する人物だとすれば、その日から王ではなく力になった。

父すらも権力の座から引きずり下ろした。

近隣の貴族から利権や人質を取り、着実に力を蓄えた。オゾ伯爵家という地盤があったから、そこまで難しいことではなかった。

そして、いよいよ大詰めを迎えている。

南部貴族最大勢力と目される、アドマト公爵家を喰らわんと動いていた。

アドマト公爵家は現在の当主になってから勢いが衰えた。

力のない家になった。

だから私が呑み込んでやるのだ。

手始めに隣接しているナーナフィス子爵家に甘い餌を垂らして戦争を吹っかけさせた。戦力差は十分にあり、さらに強力な味方もいる。

負けは万に一つもないはずだった。

「おい、連絡は来ているか」

足を揺らしながら隣の男に尋ねる。

男は不安そうに首を横に振った。

「まだなにも……」

「ちっ、どういうことだ」

ナーナフィス子爵には戦争の状況は逐一報告しろと伝えていた。

わざわざ私が出向いて危険な目に遭うつもりはないからだ。

戦争は巻き込むものであり、巻き込まれるものではない。

力のある者とない者の差はそこに出ると考えている。

だがこうして連絡が来ないのでは全て意味がないではないか。

「どうしますか？　援軍を送ることも可能ですが……」

「ナーナフィスはなにも言っていない。下手に動けば他貴族に気取られる」

「それはそうですが……」

所詮は南部の戦争だ。

力の弱っている中央はさっさと終わらせて欲しいと願っている。だから宰相は黙認していた。

だがそれ以外の貴族はどうか。

間違いなく、こちらの動向には常に睨みを利かせていることだろう。

今回アドマト公爵家が助力を願ったログテイラル伯爵を始めとして、テストリア王国が列強たる所以《ゆえん》の勢力は幾つか存在する。油断はできない。

それでも弱みを見せれば終わりだ。付け入る隙こそ大敵だ。

「なにを不安がる？　こちらにはまだまだ力が残っている。この家にだって念のために護衛を付けているではないか」

「アジャマイト様ですか……」

「アレはピロクイラ共和教国との橋渡しの意味もある。序列三位はいささか豪勢ではあるがな」

思わず口に笑みを浮かべてしまう。

我々が負けることはない。

なぜなら他の列強が味方しているからだ。

ピロクイラ共和教国。

そこは強力な戦力『聖騎士』を有する国だ。

聖騎士には序列が振られており、十位以上からは多大な実績と実力を有し、強大な貴族と同格の権限を保持している。

むろん個人の武は計り知れない力を持つ。ひとりひとりが一騎当千であり、戦場に出れば無双の活躍を見せる。

そんな彼らが私に力を保障した。

その証拠にアジャマイトは序列三位の聖騎士だ。天下に名を轟かせる傑物《けつぶつ》だ。

彼がわざわざこの国に出向いている。この私の護衛と橋渡しになるために。全ては私のために。

「え？」

男が腑抜《ふぬ》けた声を出す。

「なんだ？」

「ア、アジャマイト……さま……？」

せっかくいい気分だったのに邪魔をされる。苛立ちを声に乗せて睨むと、男は扉の方を見ていた。

アジャマイトがどうしたというのか。

戦争時ということもあり、この屋敷には限られた人間しかいない。そのためマズイ話を聞かれても問題ない者ばかりで、緊急時に備えて扉は開放されていた。

奇妙な静寂の中、ポタリと雫《しずく》の滴る音が耳に届く。

それは吐き気を催す不穏な音に聞こえた。

アジャマイトが頭だけを覗かせて、扉の向こうからこちらを見ていた。

目を見開いてこちらを見ていた。

それだけじゃない。

頭の位置が低い。

刹那の時間が流れる。ほんの一瞬の時間だ。

机には砂時計があって、それが視界の端でまったく動いていないのが確認できたからだ。

それなのに、おかしい。

時間の進みが遅く感じる。

アジャマイトの頭が動く。

首から下がない。

壁で見えなかったが、もうひとりいた。目が合う。

「ああ、やっぱりここにいたんですね」

アジャマイトの髪を乱雑に握っている少年だ。

私はコイツを知っていた。


フェゼ・アドマトだ。

隣にいる男が悲鳴を押し殺すように手で口を押さえた。

◆◆◆「オゾ伯爵視点2」

ボトリと床が揺れる。

アジャマイトの意思が詰まっていた肉塊が地面に落ちた。

「どうしてここにいる……？」

その問いかけは口をついて出たものだった。

そんなもの明らかじゃないか。

「決まってるじゃないですか。言う必要あります？」

フェゼが冷淡に告げる。

きっと私の予想は覆《くつがえ》ることがないだろう。

聞くべきことはそんなものじゃない。

血に濡れた肉塊を指さして尋ねる。

「そ、それは……」

「ん？　護衛でしょう？」

「アジャマイトだ、聖騎士の……」

単なる護衛ではない。

序列三位の聖騎士だ。

ピロクイラ共和教国とテストリア王国の国境で起こった魔物の大氾濫を止めた英雄のひとりでもある。

簡単に死んでいい人物ではない。

「知ってますよ、それくらい。有名人ですもん」

フェゼがなんてことない口調で言い切った。

知っている？

なら、その態度はどういうことだ。

「英雄を殺すな」とは言わない。

だが、なんてことない態度で殺すのは違和感で胸がざわめく。

「……こ、ここまでどうやって来た？　アジャマイト以外にも護衛はいたはずだ」

「この屋敷にはもう三人しかいません。俺とあなた方だけです」

「遠回しなセリフは聞きたくない……ここまで音もなかった。悲鳴すらなかった」

「そうなるように殺しましたから」

頭が痛くなる。

これは幻覚か？　夢か？

そうであって欲しいと願うが、現実逃避できるほど楽観的でもない。

「おまえはフェゼ・アドマトで間違いないか……？」

「ええ、そうですよ」

「どうして私を殺す？」

「殺すなんて言いました？」

「違うのか？」

私の予想が間違ってくれていたのか。

そんな希望がわずかに浮かび上がったが、

「いや『言ったかな？』って疑問です。読心術でもあるのかなと思いまして」

あっさりと希望は打ち砕かれる。

じゃあどうして聞いたんだ。

弄《もてあそ》ばれているのか？

いいや、きっと違う。

こいつは本当に気になっているのだ。

この世界の疑問をひとつ残らず見逃さないようにしているのだ。

人を殺してなお純真な目がそう言っている。

訳がわからない。

獣のような本能と狂気と無垢《むく》な魂が混在している。

まるで複数の人格が眠っているみたいだ。

「……私を殺そうとする理由を教えてくれ」

「今さらですか？」

「そうだな、今さらだったな。――時間稼ぎはお終いだ」

「？」

今までの会話は時間稼ぎにすぎない。

こんなこともあろうかと身辺に潜ませていたものがある。

自分の命を聖騎士に任せっきりというわけにはいかない。

その聖騎士だって裏切る可能性があるのだから。

だから持っていた。

正直機会はないと思っていたから場所すら忘れていたが一連の会話で探し当てた。

「これは魔法具だ。なんの魔法具だと思う？」

ニタリと笑ってやる。

奉天総の魔法具で、とても貴重なものだ。

この少年も知らないはず。

「魔封じですよね？」

「……!?」

答えられないはずの問いかけだった。

だが、フェゼはあっさりと言い当てた。魔法具の正体を。

「マモン会長から奪ったのでしょう？　彼の死体は惨《むご》いものだったと聞いています。周りの物品も壊されていたそうです。ですが、その魔法具はなかった。とても希少な魔法具がなかったわけです。と、なれば犯人がまだ持っていることは容易に想像できます。売るのに時間がかかりますからね」

「マモン会長を殺したことも把握済みというわけか」

「もちろん。ちなみに犯行グループは今頃ご先祖様と対面していると思いますよ。ご先祖様も地獄にいればですけど」

また簡単に言ってくれる。

私が依頼した先は著名な闇ギルドの暗殺者集団だった。

本当に葬《ほうむ》ったか、その真偽は定かではないが……。

アジャマイトの首が、フェゼの言葉の現実感を物語る。

「マモンは従えばよかったのだ。ただアドマト公爵を裏切ればよかったのだ。しかし呑気《のんき》にも断ってきた。彼自身も公爵と仲がいいと、末の娘が嫡子と仲良くしていると……」

「おろ、俺とネイさんの関係を知っていたんですか。まあそりゃそうか」

意外そうな声だった。

だがそんなものどうでもいい。

「あの男をできるだけ惨たらしく殺すように依頼した。この私に従わなかったからだ。おまえはどうする、フェゼ？」

「俺？」

「さっき、おまえは迂闊《うかつ》なことを言った。この屋敷には三人しかいないと」

「ふむふむ。なるほど」

「そうだ。私の隣にいる男は近接戦において無類の強さを誇る。おまえも腕には自信があるようだが、この魔封じがあれば意味もない。なにより私も加われば二対一だ……」

「それで？」

「私に従え。アドマト公爵は殺す。おまえが代替わりしろ。南部貴族でも有力な諸侯として残してやろう」

「あははっ、敵の俺を？」

「力ある者は歓迎だ」

いいや、嘘だ。

今は多少なりとも脅威だから生かして帰ってもらう。

だが絶対に殺してやる。

実力があるとわかったのだから今度は徹底的に油断なく殺す。

そんな殺意が漏れていたのだろう。

フェゼが同意することはなかった。

「残念ながらお断りします。おたくの子息とは仲が悪い」

「ならば死ね」

魔法具を起動する。

「あっ」

と、フェゼが言う。

後悔しても遅い。

これでおまえの命は――。

砕け散る音がした。

建物が揺れた。

俺の隣にいた護衛が雪崩に呑まれた。

「なんだ……？」

天井に穴が開いていた。

見れば空には雲以外のものが浮かんでいる。

それらは砂粒のように小さかったが、時間が経つに連れて大きくなる。

ああ、着実にこちらに飛来していた。

「言ったでしょう。魔法具があるのは知っていたんです。だから用意していたんですよ、対策を。

随分と動転してるんですね。そんなことにも気がつかないあなたじゃないのに」

「……はっ？」

岩を飛ばしていた？

この魔法具の対策のために？

屋敷を壊すほどの岩を何個も浮かせていた？

この屋敷の護衛を殺し回りながら？

「それ護衛用の魔法具じゃないですよ。なんか色々と誤解があるみたいですけど」

「な、ならこれはなんだと言うんだっ！」

「まずは停止させる方が先では？」

二発目の岩が降る。
外の土ぼこりが部屋にまで舞う。
とんだ被害がもたらされている。
シンプルだ。このままなら私も死ぬ。護衛のように死ぬ。あるいは岩に潰されて死ぬ。
「で、で、でも……でもおまえも死ぬだろ！！！」
「ええ、家のためなら結構です」
それが本心か、わからない。
怖い。
死にたくない。
どうしてこんなことに。
冷静でいられない。
息ができない。
止めるしか……ない。
魔法具を停止させた。
視界が回転した。
「すみません、嘘つきました。死ぬ気なんてありませんよ」
そんな声が届く。
見ればフェゼ・アドマトが眼前にまでいた。

転がる魔法具を拾っている。

胸元には別の魔法具があるように見えた。

「ど……」

どうして？

どうして私を殺した？

そんなことを聞こうとしたが声が出ない。

岩が落ちてこない。

私の背中、直で見るのは初めてだ。

頭が回らない。

異様に冴《さ》えているようで考えがまとまらない。

ああ、これが死か。

「どうしてって？　殺す気なら早くやればいいのにって？　ええ、そうですね。本当はもうしばらく生きてもらおうと思ったんですけど、目当てのものを見つけてしまったので」

目当てのもの？

魔法具？

いいや、違う。

書類だ。

手には紙が握られている。

それはダメだ。
その紙は私が今回の計画にあたってまとめたことが書かれている。
この書斎に隠していたものなのに。
ああダメだ。
ダメ？
どうして？
視界が暗転する。
ダメなんてことはない。
――どうせ私は死ぬのだから。
私は間違ってなかった。
力は大事だ。
でもこの屋敷に息子がいなくてよかったと心のどこかで安堵していた。
私の人生はどこかでなにかを見落としていたのかもしれない。

第8章　円満のその先

◆◆◆「ネイ視点」

フェゼ様がわざわざ商会にまで足を運んでくれた。

「資金助かりました」

なんてお礼を言われる。

ああ、そんなことを言う必要はないのに。

「元より全てはフェゼ様のものです」

私の返事にフェゼ様が苦笑いを浮かべる。

困らせたのなら謝るべきだろうか。でもその謝罪こそ迷惑になるのなら。そんな躊躇いをあっさりとフェゼ様は流す。

「今後とも贔屓にさせてもらいます。父は貴族会議に出ているので、正式な返礼は改めてすることになると思います」

「あれ、前回はフェゼ様も参加していませんでしたっけ？　今回は大丈夫なのですか？」

「今回はごたごたがありますからね。嫡子や後見人は不参加になっています」

「ごたごたですか？」

私が尋ねると、フェゼ様の瞳に影が落ちる。

ああ、これは聞かない方がよかったかもしれない。私の知る必要のないものだ。

「そうだ。お礼といってはは変ですが、これをお返しに来ました」

「これは……魔封じの魔法具？」

これが「ごたごた」に対する返事だろう。

マモン会長が殺されて、どこかに行ってしまった遺物だ。

フェゼ様が奪った？　フェゼ様がマモン会長を殺した？

いいや、それにメリットはない。

……なら。

やはり私が知る必要のないことだった。

「ネイさんに売ったものですから、あるべきところに返しておきます。それにこれは形見ってことになるでしょうから」

言われてドキリと胸が鳴る。

そうだ。形見だ。

これは形見ということになる。

フェゼ様は慰めているのだ。

父をロクに知らない私を。

目頭が熱くなる。

「ありがとうございます……」

「いえ」

端的な返事でも温もりを感じる。

ふと、前に抱き着いてしまったことを思い出す。

あれほど恥ずかしい記憶はない。

羞恥に悶《もだ》えそうになるが、おかげでまた泣いている姿を見られることはなかった。

話を変えよう。そうだ、あの件を話さないといけない。

「……フェゼ様には先んじて報告しておきます。この度、私が新たな第一区分の長となりました。同時にマモン商会の会長を務めることになります」

「おお、すごい。第十区分から第一区分じゃないですか」

この人に褒められる以上に嬉しいことはない。

自然と湧き出る笑みを抑えられない。仮面を一枚隔てているけど、きっと腑抜けた顔は隠しきれていないだろう。

「フェゼ様のおかげです」

「いえいえ、ネイさんの実力ですよ。俺が手を貸したからといって、ちょっと時機が早まっただけです」

そんなことはない。

そんな謙遜はいらない。

あなたがいなければ私が昇格することはなかった。

全てはあなたのおかげです。

フェゼ様が首を傾げながら、続ける。

「あれ、ということは現在の第二区分も越したことになりますか？」

「さすがにたった一年で越えることはできませんでしたが、実は第一区分や第三区分、その他の人達もうちに加わることになったんです」

「おお？」

フェゼ様が戸惑いの声を出した。かわいい。

「今回の戦争でマモン商会を動かしたのは姉のヘプアと私です。ヘプアは商会の維持に務め、私は前会長の仇を討つように動きました。そして今回の戦争の勝利です。仇を討てたことにより、前会長と特に懇意にしていた区分が私に恩義や勢いを感じて、うちに加わったというのが経緯です」

「なるほど、一気に跳ね上がりましたね」

私としても追いつかないことだらけだ。

けれど周囲の支えによって商会の運営はどうにかできそう。

なによりこれでフェゼ様の力になれる。きっと、この人にとってはマモン商会でも微力と感じてしまうのだろうけど。

「ああ、そうだ。姉がどうしてもお願いしたいと言っていました……」

「お願い？」

『フェゼ様には我が区分が大変無礼な態度を取ってしまいしました。申し訳ありません』と。どうやら関係を取り成して欲しいようです」

今でも姉の顔は忘れられない。

戦争に勝ったと聞いた時、かなり怯えているようだった。

それはそうだろう。南部でのアドマト家の地位がより確立されたようなものなのだから。

あの人は予想外のことにはとことん弱い。

「そうでしたか。そんなこと全然気にしていないと伝えておいてください」

なんという器の大きさだろう。

でも今ばかりはあまり嬉しくなかった。

もっと器量の小さい人間なら、フェゼ様にとっての商人は私だけだったのに。いいえ、そんなことを考えてはいけない。

「――あ、それと」

「――そ、そういえばっ」

「「ん？（はい？）」」

言葉が被ってしまった。

両手を出して否定する。

「い、いえ！　私は大した話ではありませんからっ！」

「そうですか……？　えっと、こちらの用件なんですけどね。実はこっちが本題なんです。今回の貴族会議には参加しませんでしたが、色々と領地替えがあって動いています。おそらくなんですが――」

フェゼ様が資料を渡しながら話す。

ううん。

違うんですよ、フェゼ様。

あなたに見せたいものがあるんです。

――私の顔、治してもらったんです。

今までお金がなかった。

こんなにも大きな商会の娘なのにお金がなかったんですけど、あなたのおかげで資金が貯まったから。

大陸随一《ずいいち》と言われる治癒士に大金を出して会えたんです。それも、あなたの事業のおかげで伝手《つて》ができたから……。

でも仮面を外すのが億劫《おっくう》で。

それでもあなたに見てもらいたくて。

大した話ではないんです。

あなたにとっては。

でも私にとっては――。

ああ、いけない。

気を取り直さなければ。

フェゼ様の用件は私の使命だ。

私は私がやるべきことをするだけなのだから。

◆◆◆

俺は父と王都の屋敷で会っていた。

呼び出しを受けたからだ。

そろそろ父が去る日も近いからだろう。

貴族会議が終わり、一連の騒動の解決が見られた。

だから公爵領に戻るまでにもう一度会おうということだ。

「オゾ伯爵家が潰れましたか」

「驚かないんだね」

「話は聞いていましたから」

「……なるほど」

父から渡された資料を確認して状況を整理する。

オゾ伯爵家は取り潰しになった。

陰で糸を引いているのが明らかになったからだ。

それも全てオゾ伯爵家に脅されていた家や組織が告白したことが原因になる。

不当な支配を目論《もくろ》み、各家を脅してアドマト公爵家に攻め入った。根拠も論理もない理由で。

そして敗戦により全てがバレて罪を償う時が来た。

「でも意外なのは父上がオゾ伯爵家の領地をそこまで預からなかったことです。これでは半分程度ではありませんか？」

「過剰に求めれば更なる戦争が起きるからね。それに仲裁した国王陛下にお返しする必要がある」

「賠償金も少ないですね。出費と比べれば全然回収できていません」

「経済を不安定にしてもいけないからね」

「なるほど、そうですか」

謙虚なことだ。

仮に過剰な請求をしてもこれ以上の争いは起こらない。

逆らえる貴族は南部に残っていない。

国王や宰相も勢力拡大を止めることはできないだろう。

そもそも止められるならオゾ伯爵の方を止めていたはずだ。

「フェゼ、当主を代わろうか？」

日常的な挨拶《あいさつ》のように、取るに足らない出来事のように、父がそんなことを聞いてきた。思わず素の驚きが出てしまう。

「いきなりどうしたんですか？」

「マモン商会が動いてくれた理由、あの戦場で来た援軍の正体、そして今回のオゾ伯爵家の取り潰しと暗殺……」

「……」

「全てを知りうるわけじゃない。オゾ伯爵家の凄惨な現場は証拠がひとつも残っていなかった。街の真ん中で岩が落ちてきたほどの被害だというのに犯人の目撃証言すらない。乗り込んだのはおそらく少数だからだ。徹底的にバレないようにしていた」

父の口調は終始穏やかだった。

それが、なにか俺を責めているように感じるのは、俺の方に隠し事があるからだ。

父が続ける。

「オゾ伯爵家にはピロクイラ共和教国の聖騎士がいた。最初は彼らの仕業だと思われたが、死体は隠されていなかったから、おそらくオゾ伯爵と共犯だったのだろう。そこは外交問題として中央が話を進めている」

父の目は俺の目を捉えて離さない。

さらに続ける。

「問題は誰がアドマト公爵家側で暗躍していたのか。最初はログテイラル伯爵かと思った。けれど、北部は北部で忙しいからそんな余力はないだろう。実際に先日の戦争では諜報不足によって戦術級魔法の先手を打たれたと聞いた。……では、誰が動いた？」

父は愚かではない。

俺の行動はどの勢力から見ても派手なものだ。だが俺に結び付くことはない。なぜなら父がいた。ログテイラル伯爵がいた。隠れ蓑《みの》はいくらでもあった。

だからこそ彼らの目は誤魔化せない。

「父上は領地運営に不満があるのですか？」

「いいや、ないよ。みんないい人ばかりだからね」

「それならば俺と代わる必要なんてありません。父上は健全で温厚な人だ。知らないかもしれませんが、父上は傘下の家や民草からの信頼も厚いんですよ」

「……目立つのは嫌いか？」

父が尋ねる。

なるほど、そう受け取られたか。

首を横に振る。

「目立っても構いません。今回の件に関してはバレないように動いた方が都合がよかったからです。オゾ伯爵を殺す時、岩まで落としたのは目立ちすぎましたけど」

最初から父に隠す気はなかった。

知られる必要もないとは思っていたけど。

「私はフェゼが恐ろしいよ。時折、私の知らないおまえがいるんだ。……それでも愛している。私の知らないおまえは成長だと受け取っているからだ」

「今回の件で冷めましたか？」

「いいや、おまえは妻に似ている。私にも似ていた。どうしても嫌いになれない。無関心にもなれない。とすれば、やはり愛しているんだろうね」

寂し気な表情だった。

父の考えは読み取れないが、わずかな揺らぎも感じ取れない。

これまで多くのことを悩んだのだろう。

その上での答えがこれだったわけだ。

「俺が相談をしないばかりに負担をかけてしまいましたね」

「親子なんだからこんなことは負担とは言わないよ。それにわざわざ相談する必要はない。困った時や悩んだ時だけ言ってくれればいい」

「ええ、そうします」

父は優しい。

俺に殺されるのを恐れているのか。代替わりされると怯えているのか。騙《だま》し討ちする用意をしているのか。……どれもありえないな。

地位に固執する人ではない。本心から言っているのだ。

俺が息子だから、ただ心の底から想ってくれているのだ。

それから夕ご飯の呼びかけがあり、その会話が続くことはなかった。

ああ、そうだとも。そうなのだ。

父は決して愚かではない。

◆◆◆「ペマ視点」

ママに言われて、おいらはひさしぶりに学園に戻った。

メルタはいなくなっていた。

あとレゥリもいなくなっている。

「「「おっ、おはようございます！」」」

学園はいつもどおりうるさい。

でも前みたいな痛いやつじゃない。

ソンケーされている。

「あれがアドマト家の嫡子らしいぞ……」

「大貴族が戻ったって……」

なんだか色々と噂もされる。

でもイヤな感じはしない。

むふふ。悪くない。

ママの言っていたことは本当だった。

もう痛いことは起こらない。

バカにもされない。
やっぱりママはなんでも正しい。
むふふ。たのしい。
相変わらずエラソーな大人はなに言ってるかわからない。
けど怒られることもない。
むふふ。ご飯が美味しい。
今日も幸せイッパイの日々だ。

◆◆◆「レウリ視点」

戦争に負けた。
そのことを知ったのは負傷した父がナーナフィスの領地に戻ってからだった。
「すまない……すまない……」
父は泣きながら謝っていた。
母はただ寄り添っている。
私は心のどこかで安堵していた。
命からがら生き延びた父と、そしてオゾ伯爵が死んだことに。
こんなことがあるのか。

私は悪の側にいながらも、正しい側の人間が勝つことを祈っていた。

それが本当に実ったのだ。

でも代償もあるだろう。

オゾ伯爵の命令とはいえ、今回の戦争では主犯格になっている。どの程度の罰になるか、その処遇が今日通達される。

「あなたがレゥリ・ナーナフィス様ですね」

「はい。あなたは……？」

玄関でひとりの女性を出迎えた。蝶の仮面を着けた、鈴のような凛として澄んだ声の持ち主だ。綺麗な佇まいをしている。

後ろには護衛らしき人々が構えていた。丁重な扱いを受けており、一目で重要人物だとわかる。

「私はネイ・マモンと申します。マモン商会の会長をしています。今回はナーナフィス家の処遇についてお話に来ました」

「あっ……」

この人が今日ナーナフィスの処遇を通達するのか。

両親は離れに軟禁状態であり、つまり私がナーナフィス家の代行をする。

失礼のないようにネイさんを応接間に通す。

子爵位の家柄とはいえ、メイドや執事なんている家ではない。お茶を出すのも私だ。

「驚かれていますよね、一商会の人間が通達なんて」

「いえ、そんな……」

否定する。

驚きはしない。

ただ軽い絶望はあった。

テストリア王国にとって、アドマト家にとって、ナーナフィスの今後なんてどうでもいい些細《ささい》な事だと知れたから。

それはそうだろう。どうせ潰せばいいのだ。そうしてどこかの家に吸収されるのだ。

（……すみません、領民の皆さん）

新参の領地なんて受け入れられるはずがない。

基本的に弱者として扱われる。ロクな対応はされない。今よりも困窮《こんきゅう》することは目に見えていた。

むしろマモン商会なんてナーナフィスの領地にも届く大商会だ。

そこの会長が来てくれただけでもありがたいと思うべきだ。

……。

…………。

あれ？

いや、違う。

どうして商会の人間が通達に来て……？

ネイさんが小さく息を吸う。

「改めてナーナフィス家の処遇を通達します。

ひとつ、今後はアドマト公爵家に臣属《しんぞく》すること。寄り子のように、アドマト家の言葉はナーナフィス家にとって厳命とする。

ふたつ、当主はレゥリ・ナーナフィスに移譲し、元当主である父君や母君については流刑《るけい》とすること。

みっつ、今後のナーナフィス子爵家領地はマモン商会のネイ・マモンによる経済指導に従うこと」

それからネイさんが紙を渡してきた。

国王の印章と共に、たしかに通達の内容が書かれていた。

衝撃を受ける。

「ま、待ってください……領地はそのままでいいのですか？　いや、それだけじゃありません。両親の命は取られないのですか？　それにナーナフィスは存続するのですか？　私はどうなるのですか……？」

「落ち着いてください」

ネイさんがやや身を引きながら笑いかけた。

「すみません……でも」

「安心してください。ご両親は死罪とはなりません。なにより、あなたは元から罪はありません。

それからナーナフィスの領地はそのままです。そしてマモン商会が責任を持って経済復興させます。

そのために私が来ました」

「どっ、どうして？　マモン商会がうちを買ったのですか⁉」

マモン商会は今回の戦争で多大な貢献をした。

それくらいのことはアドマト家に要請すればできるかもしれない。

ネイさんがかぶりを振る。

「いえ、私は下達しているだけです」

「ならアドマト家がうちを……？」

「アドマト家ではありますが、より正確には私の商談相手です」

「商談相手とは……」

「フェゼ・アドマト様です」

「えっ……⁉」

雷に打たれたような衝撃が走る。

どうして彼の名前が。

なんでマモン商会の会長が商談相手と言って。

「フェゼ様はあなたの言動に甚《いた》く感動されたそうです。学園でなにかあったとか」

「それは……たしかにそうかもしれませんが……」

「オゾ伯爵家をトカゲの尻尾切りに使っても取り潰される家はありました。それでもナーナフィス家はお咎めなし。それどころか経済的な支援まで受けられるのです。善行はするものですね」

「……っ！」

これまでの祈りが誰かに通じたかのように今の結果に結び付いた。

涙が流れそうだ。

必死に堪えても、とめどない感情の濁流が押し寄せる。

「――私はかつてレッリ様よりもひ弱だったんです。本当になにも持っていませんでした。けれどフェゼ様に拾っていただき、今があります。だから似ているあなたを見て応援したい気持ちがあるんですよ。機会を与えられたのですから、一緒に頑張りましょう」

ネイさんが仮面に触れる。

その声は感慨深いものがあった。

震える唇で、私はたしかに言葉を紡ぐ。

「ありがとう……ございます……！」

ネイさんに。

そしてなによりもフェゼさんに。

いつか恩返しができればいいと思う。

心の底からそう思った。

◆◆◆「メルタ視点」

馬車に揺られながら呆然とする。
父が死んだ。
学園でその報告を受けた時、信じることができなかった。
崩壊した屋敷と父の死体を直接見て、ようやく絶望を思い知った。
家が取り潰された。
オゾ伯爵家はもうない。
俺はもう貴族ではない。
俺もうメルタ・オゾではない。
ただのメルタだ。
反対に戦勝したアドマト家は多大な領地と近隣貴族の臣属を得た。
あんな気弱な親子が。なんの力もなかった親子が。
いいや、認めよう。
あいつらには力があった。
でも、あいつら自身ではない。
縁故という力だ。
ログテイラル伯爵の力だ。
そうでなければ父が負けるはずがない。
暗殺なんてありえない。

きっとログテイラル伯爵配下の人間が手にかけたんだ。
そうして得た利益で南部にまで手を出そうとしているんだ。
どうしてこんなことになった。
わかりきったことだ。
力だ。
なら許せないのは誰だ。
俺は……アドマト家が許せない。
これからフェゼはどんないい目に合うのだ。
あんななにもないやつが。
許せない。
絶対に許さない。
必ず再び力をつけて全てを奪い取ってやる。
不意に馬車の外から気配を感じる。
「――ああ、いた」
薄気味悪い顔があった。
フェゼ・アドマトだ。
どうして。
走ってるんだぞ、この馬車は。

なんでここにいる？

どうやって張り付いている？

身体が硬直した俺を無視して、フェゼが馬車の中に乗り込んでくる。

「どっ、どうしてここに⁉」

「少し用事がありまして」

言いながら、フェゼが俺の顔をまじまじと見る。

「よ、よよよ、用事⁉　まさか俺のことを殺す気か……⁉　しょ、庶民に下れば命は許されるはずだろ⁉」

抵抗しようとして立ち上がる。

それから拳を握って振り上げる。

胸部を強く蹴られる。

そのまま席まで押し付けられた。

ダメだ。勝てない。

「ちょっと落ち着いてください」

押さえつけられて動けない。

今なにをされても反抗できない。

漂う気配が尋常じゃない。

こいつから全てを奪い取る？

むりだ。

パーティーでジュースをかけた時や学園でイジメていた時とは段違いだ。

「す、すみませんでしたっ！　今までのこと、全部！　俺はおまえのことを散々――っ！」

「やっぱり違うなぁ……」

「ち、ち違う……？　違うってなにが!?　殺す手段のこと!?」

今まで着けていた化けの皮が全部剥がれていく。

ああ、そうだ。

俺は父をマネていただけにすぎない。

どうしてフェゼをイジメていた？

簡単だ。

同族嫌悪だ。

気弱で臆病なおまえが嫌いだった。

でも俺も同じなんだ。だからそんな本性を隠している俺も嫌いだった。

八つ当たりなんだよ。

だから俺はいつまでも変わらない。

人を殺したことなんてないし、童貞のままだし、いつ取り巻きに裏切られるかお腹をキリキリ痛めていた。

「うん、やっぱり主人公じゃないはず……誰だったかなぁ……」

「しゅ、しゅじ……？」

「登場したのは思い出したんだけど……うーん……？」

やはりフェゼは俺の顔を見たまま自分の世界に入り込んでいる。

なにを言っているのかサッパリ不明だ。

でも怖いことだけは確かだ。

「ま、待ってくれ！　殺さないでくれ……！　頼む、頼むよ！」

「ん？　殺す？」

フェゼが自分の世界から帰ってきた。

不思議そうに「なに言ってんだ？」って顔をしていた。

「お、俺のことを殺すために来たんだろ……？」

「どうして？」

「だって、色々としてきたし……」

「別に殺すほどじゃないですよ。それに生かしておいた方が得です」

フェゼが手を左右に振って否定する。

殺されるわけじゃないのか？

いや、それ以外に疑問がある。

「得ってどういう……？」

「メルタさんを生かしておいた方が旧オゾ伯爵の派閥の貴族が近づいてくるかもしれないでしょ

う？」

「それって……」

「たとえばアドマト公爵家が取り上げた領地や財産は不当だったと声をあげるんです。メルタさんはその旗印になりえるわけです。だから生かしておくんです。敵対勢力をあぶり出すために」

つまり俺は餌ってわけだ。

こみ上げてくるのは怒りじゃない。笑いだ。絶望だ。

「もしも俺がおまえを殺すって言ったら……？」

「レドマリスって植物を知っていますか？」

「し、知らない」

「その植物は特殊なフェロモンを放つんです。あらゆる生物を虜《とりこ》にするほどのものです。誰も抗うことはできない。メルタさんも間違いなくそうなります」

「……」

「もしもこれ以上歯向かうつもりなら、レドマリスを使って廃人にします。お互いのためにも、あまり手間をかけさせないでください」

「は、はは……」

フェゼの瞳を見る。

なんて目をしているんだ。

きっと俺という存在なんて、餌というメリット以上のデメリットが出てきたら簡単に始末されるだろう。

息を潜めて生きるしかない。その日が来ても気づかれないために。

「まあいいや。それじゃ、お邪魔しました」

フェゼが言って馬車から飛び降りる。

俺に釘を刺しに来たのか。

余計な真似をしたら殺すって。

そりゃそうだ。

俺が餌なら、どこかに監視する目があるはずだ。

それは――これだけの騒動があっても一切止めようとしない御者《ぎょしゃ》かもしれない。あるいはこれから過ごすように言われた村の住人かもしれない。いや、全員かな。

（もうなにもできる気がしない……）

俺は弱い。

父に影響されて、周りにおだてられて、それでも俺は結局肝心なところでなにもできなかった。

そのことに気がつけただけでも余生を過ごすには十分か。

結局フェゼはなんだったんだろうか。

きっと俺が知ることは一生ないのかもしれない。

◆◆◆

ひとまずの動乱は収束を迎えた。

アドマト家はテストリア王国の南部において確立された巨大な勢力となった。

中央や他地域と比べても遜色ない規模だろう。

（オゾ伯爵の野心さえなければ、もっと発展していたのだがな）

南部は戦争が少ない地域だ。

そのおかげで経済も農業も強固な地盤がある。

オゾ伯爵が暴れなければ避難する民はいなかったと言ってもいい。

少なくとも荒れることはなかった。

「フェ、フェゼ様～、ちょっと待ってくださいよ～」

「道案内が遅れてどうするんですか。ケウラさん」

「うぅー……面目ないですけどー……」

俺はCランクギルド『ユグドラシルの誓い』のケウラ達を案内役にして、アドマト家とナーナフィス家の戦場となった森にいた。

ここはかつて自然豊かで魔物と獣が共生する場所だった。

だが今となっては焼け焦げた大地と巨木の積み重なっているだけの、寂寞《せきばく》とした場所になっている。

「や、やっぱりこんな依頼受けるべきじゃなかったって」

「あの人やばいよ」

「てか俺達がナーナフィスに味方したってバレてないのかな？」

「やめろ！　その話はなかったことにするって言ってるだろ！　てか聞かれたらやばいだろ！」

普通に聞こえているけど。

それに普通に敵だったこと知ってるけど。

でも昨日は敵だったからといって、今日は友になれないわけじゃない。この表現でいけば、一昨日は普通に話していたわけだしな。

「ケウラさん、ここはどういう場所でしたか？」

「えぇ!?　あ、ああ、ここは樹液をよく垂らす木がたくさんあって…………」

そんな会話を繰り広げる。

オゾ伯爵のせいで失ったものの確認は面倒くさくて、やることが多い。

（でも、感謝もしないといけない）

オゾ伯爵が野心を見せなかったら、ここまで綺麗な南部地域の統一は果たせなかっただろう。

未だにアドマト家に白い目を向ける貴族はいるが、かなり少数だ。そいつらにも益《えき》をチラつかせれば犬のように尻尾を振るだろう。

「この人なんでこんなことやってんだ？」

「知らね。貴族の道楽じゃね？」

「ま、大金積んでもらえてるし、なんでもいいだろっ」

「「ぬはは!!」」

たまに気楽な仕事が羨《うらや》ましくてたまらない……。

俺は残念ながら、そんな運命ではないようだけど。

(後は何が必要だ)

人類の発展のために、ひいては俺の帰還のために。

開天神代の魔法具を生み出すこともいいだろう。そのためには研究開発の下地を作るか。万が一のことも考えて、長い年月を費やすことも考えて、教育制度の普及も目指したいところだ。

軍事産業も伸ばしたい。経済と農業という国家運営で欠かせない二大巨頭は保持している。戦争となれば傭兵を雇えばいい。

だが常備軍というものは大事だ。その余裕もできてきた。俺の私兵を除いて、父さんには舐められないために持ってもらいたいものだ。

(ああ、まだまだ、やることはたくさんある)

南部貴族の動乱は終わった。

だが、この世界はこれからが本番だ。

俺は神の視点で遊んでいただけにすぎない。神ではないのだ。

全てを見越せるわけじゃない。なんでもできるわけじゃない。

だからこそ、足がボロボロになっても進むしかない。

全ては生きて帰還するという目標のために。

「あーー！　！　！　生き残った魔物がいますよ！　フェゼ様、フェゼ様ぁ!?　!?」

「「フェゼ様、たすけてーーー！　！　！」」

こいつら戦闘職のはずなんだがな……。

冒険者達の断末魔を聞きながら、俺は別のことを考えていた。

（このゲームの『主人公』は一体どこに行ったんだ？）

予定では学園で会うはずだった。

しかし、彼の姿はどこにもない。

そもそもゲームの記憶がぼんやりとしているから、一瞬メルタの可能性も考えてしまったほどだ。

まぁそんなことはないとわかり切ってはいたが、それくらい不自然に『主人公』がいない。

一体、どこに行ったのやら。

◆◆◆『主人公』視点

ボクは転生した。

遊んだことのあるゲームに転生した。

そのゲームの正体は鬱ゲーだ。

ボクはその鬱ゲーの主人公として転生した。

（お先が真っ暗だ……）

転生した人生と同じ薄暗い部屋で、ベッドの上で布団を被りながら静かに時が過ぎていくのを待っている。

ボクはゲームの主人公だ。

全てがうまくいかないゲームの、全てがうまくいかないキャラクターだ。

「ちょっと、そろそろ学園に行かないと！」

扉の向こうからお母さんが呼んでいる。

学園なんて行きたくない。行けるわけがない。

（そこでボクには様々な分岐がある）

学園で出会うキャラクターは多い。

でもメインイベントは確定的に起こるんだ。

たとえば、一番最初に起こるイベントがある。

テストリア王国南部の動乱だ。オゾ伯爵家がナーナフィス子爵家を利用して、アドマト公爵家に侵攻することになっている。

学校でも代理戦争の様相を呈している。実際はイジメなのだけど。

……オゾ伯爵家のメルタが、アドマト公爵家のフェゼに暴力や罵声を日常的に浴びせるのだ。

ボクこと主人公はレッリの協力もあってイジメを阻止しようと動く。

学園内でのイジメはそれだけで落ち着いて一安心……と思っていると、アドマト公爵家が敗戦の報《しら》せが届く。

そして、レゥリが実はナーナフィス子爵家の人間だと告白して、学園から去ってしまう。

主人公はレゥリを助けようと動くけど、全てはうまくいかない。

協力を頼もうとアドマト家に向かうと、フェゼを含めて一族全員が暗殺されており、その濡れ衣《ぎぬ》を着せられることになる。

あやうく処刑されそうになるが、ボクはレゥリの助けによって学園に軟禁状態になる。

でも。

それからレゥリが表舞台に立つことはなくなる……。

ゲームに登場しなくなるのだ。

でも、名前だけは出てくる。メルタ・オゾの口から。聞くに堪えない話ばかりで、やっている側としては凄《すご》く嫌な気分になる。

助けようとするイベントが発生しても、全てがうまくいかない。レゥリと接触しても廃人状態に近く、何をしようとも拒絶されてしまうのだ。

それでも諦めないいけど、南部にはさらに――……。

そしてボクは学園でヒドい目に遭っていくのだ。

フェゼのイジメを止めたことでメルタに睨まれる。南部貴族最大勢力になったオゾ家に目を付けられる。

そうしてゲームは進んでいく。

いやだ。

いやなんだ。

学園なんて行けるわけがない。

(動けない……立ち上がれない……)

なんでこんなことになっているんだ。

鬱ゲーなんて友達に誘われたからプレイしただけで、そもそも趣味じゃないんだよ。やってる側も対岸の火事だから面白がってるだけだろ。

実際に体験したいわけがないだろ。

少なくともボクはイヤだ。

(でも動かないといけないよね……)

今、学園はどうなっているのかな。

やっぱりメルタがのさばっているのかな。

でも、学園にもまだイベントがある。

分岐のイベントはたくさんある。

ありすぎて、もう訳がわからない。

あああああ……

どうしたらいいんだ。

学園に行った方がいいよね？

だって、行かないと……。

いや、でも行かない方がいいんじゃないの？
通っていいことあるのかな。
（でも、けど、だって）
そうだよ。今さら行ったところで……。
学園には、もう半年以上行ってないんだ。
今さら行ったところで馴染《なじ》めるわけがない。
（まず身体からして馴染めてないんだ……）
そう、この身体だ。
どうして。
どうして女のボクが男の身体に転生しているんだよ……。

あとがき

初めまして。臨界土偶と申します。この度は拙著をお手に取っていただき、誠にありがとうございます。

最近はいろいろと気力が湧かないのですが、なぜかこうして本を出すことになりました。運命とはわからないものですね。

このまま不透明な未来を進んでいると、そのうち超能力を手に入れることができるのではないかと夢を見てしまいますが、未だにその気配はありません。皆さんはどうでしょうか。

超能力といえばいろいろな種類がありますよね。たとえばサイコキネシスが一般的でしょうか。他にも透視や着火など……。

中でも私が一番欲しい超能力は他人の夢を渡り歩くものでしょうか。

どんな人生を歩んで、どんなことに悩んで、どんなことに幸せを感じているのか。すごく興味深いです。そう考えると物語っていうのは趣深いですね。そんな超能力を疑似的に体験できるわけですもんね。

こんな視点もあるんだから物は言いようです。

さて、ここら辺で関係者の皆様にお礼を申し上げます。

まずイラストを描いてくださった、ゆーにっと先生。美麗なイラストをありがとうございます。モチベアップです！

ネットの端っこにあった拙著を見つけ、根気強く編集をしてくださった担当の方々には感謝してもしきれません！

他にも多くの方にご助力いただいたおかげで出版となりました。ありがとうございます！

なにより本作を読んでいただいた方のおかげで不器用ながら完成することができました。読んでいただき、本当にありがとうございます！


それでは、またの機会にお目にかかれるよう、これからも邁進してまいります。

BKブックス

元名門貴族の気弱な嫡子になりました

ゲーム世界に転生した俺は
生きて帰るために攻略を開始します

2024年3月20日　初版第一刷発行

著　者　臨界《りんかい》土《ど》偶《ぐう》

イラストレーター　ゆーにっと

発行人　今 晴美

発行所　株式会社ぶんか社
〒102-8405　東京都千代田区一番町29-6
TEL 03-3222-5150（編集部）
TEL 03-3222-5115（出版営業部）
www.bknet.jp

装　丁　AFTERGLOW

編　集　株式会社 パルプライド

印刷所　大日本印刷株式会社

ISBN978-4-8211-4677-2

Printed in Japan